Elises Eventyr
i Undernes Land

Elise's Adventures
in the Land of Wonders

Elises Eventyr i Undernes Land

Den første norske oversettelse av Lewis Carroll's
Alice's Adventures in Wonderland

Elise's Adventures in the Land of Wonders

The first Norwegian translation of Lewis
Carroll's *Alice's Adventures in Wonderland*

REDAKTØR • EDITOR
KRISTIN ØRJASÆTER

evertype
2022

Published by Evertype, 19A Corso Street, Dundee, DD2 1DR, Scotland. *www.evertype.com*.

Copy editor: Stephanie Lovett.
Transcription from blackletter type by Hilde Hagerup.

A catalogue record for this book is available from the British Library.

ISBN-10 1-78201-111-0
ISBN-13 978-1-78201-111-8

Typeset in De Vinne Text, Mona Lisa, ENGRAVERS' ROMAN, *Liberty*, and 𝕭𝖚𝖈𝖍𝖋𝖗𝖆𝖐𝖙𝖚𝖗 𝕳𝖆𝖑𝖇𝖋𝖊𝖙𝖙 by Michael Everson.

Cover: Michael Everson.

Innhold • Contents

Forord

*"D*er er i England udkommet en Bog [...] som har gjort megen Lykke blant engelske Piger og Gutter. Vi har den Tro, at vore unge Læsere ikke ville være os utaknemlige, for at vi meddele en Del av dens Inhold."* Boken som det vises til er *Alice's Adventures in Wonderland,* men forfatterens navn er ikke nevnt. Navnet til de som introduserer fortellingen om *Alice* på norsk er heller ikke nevnt. Likevel har vi gode grunner til å anta at det var søstrene Augusta og Emma Hagerup (kalt E. A. Hagerup) som formidlet Lewis Carroll's fortelling til norsk i *Børnenes Blad* 1. oktober 1870.

I Norge fantes det på 1800-tallet flere tidsskrifter for barn som formidlet litterært stoff. Noe var skrevet på norsk, men mye av innholdet var oversatt og tilpasset norske forhold uten at hverken originalforfatteren eller gjenfortellerens navn ble nevnt. Derfor kan det være en utfordring å gjenskape bok- og tidsskrifthistoriene fra den gang. Men det vi uansett kan slå fast, er at den gamle barne- og ungdomslitteraturen deltok i en internasjonal utveksling. De beste tekstene og fortellingene ble overført fra ett språk til et annet, og fra ett medium til et annet. Som i dette tilfellet: Boka *Alice's Adventures in*

Wonderland ble remediert til tidsskriftteksten "Elises Eventyr i Undernes Land".

Den første norske *Alice*-versjonen ble altså publisert for 146 år siden. Men da Norsk barnebokinstitutt skulle lage en oversikt over norske oversettelser og adaptasjoner av *Alice's Adventures in Wonderland* til Jon Lindseths *Alice in a World of Wonderlands* (2015), fant vi ikke noen spor av teksten fra 1870 i katalogene. Men mistanken om at det var noe vi hadde oversett fikk Anne Kristin Lande, som er forskningsbibliotekar på Nasjonalbiblioteket til å lete videre. I essayet "Alice – Elise – Else: *Alice* i Norge" beskriver hun sin jakt gjennom kataloger og oppslagsverk.

Som Landes bibliografier viser har *Alice's Adventures in Wonderland* figurert i ulike norske utgaver helt siden 1870. Kanskje skyldes det barneperspektivet? *Alice's Adventures in Wonderland* fremstiller et barn som ikke bare reiser gjennom en fremmed verden, men som også kommenterer hvordan det hun ser fungerer. Alice benytter med den største selvfølgelighet sitt barnlige perspektiv som en rettesnor. Hun leker med ord og begreper og skryter av sin kunnskap, samtidig som hun stiller spørsmål ved tingenes orden. Selv om fortellingen er fremmedartet i en norsk kontekst, er den solidarisk med barnet; leseren ser det Alice ser og følger hennes konfrontasjon med "de voksne". Et slikt barneperspektiv skulle komme til å få gjennomslag i norsk barnelitteratur fra og med 1890. Den norske versjonen av *Alice* fra 1870 kan derfor ha fungert som inspirasjonskilde.

Skjønt, hvilket språk er det egentlig snakk om? Hilde Hagerup har gjengitt den opprinnelige frakturteksten med vår tids bokstaver. Der ser vi at den språktonen som preger "Elises Eventyr i Undernes Land" er nærmere dansk. Det skyldes at det på 1800-tallet ikke fantes et eget norsk skriftspråk, i stedet tok man utgangspunkt i det danske og kalte det norsk. Etter hvert tok skriftspråket opp i seg flere former fra det norske talemålet slik at det ble mer og mer "norsk". I dag kalles dette skriftspråket bokmål (i motsetning til nynorsk, som er resultat av en annen språkpolitikk; basert på især vestnorske talemålsdialekter). Dagens bokmål har fjernet seg så langt fra dansk at en tekst fra 1870 uvegerlig vitner om fortidens språkpolitikk.

En oversettelse tilbake til engelsk kan umulig gjenskape den språkstilen som avslører at norsk i 1870 ble stavet på dansk. Derimot har Hilde Hagerup lagt seg på en tilnærmet gammelmodig engelsk stil. At Hilde Hagerup har det samme etternavnet som E. A. Hagerup betrakter vi som et lykketreff. Kanskje Hagerup'ene har en spesiell affinitet til engelsk barnelitteratur? Hilde Hagerup, som selv er forfatter, føyer seg uansett inn i rekken av norske forfattere som gjennom årene har bidratt til utvekslingen av *Alice* mellom engelsk og norsk.

Det er en stor glede for Norsk barnebokinstitutt å kunne bidra til å spre kjennskapet om at *Alice* ble formidlet i *Børnenes Blad* allerede i 1870. Takk til Anne Kristin Lande som klarte å finne "Elises Eventyr i Undernes Land" frem fra arkivene. Takk til Hilde Hagerup for å gjengi teksten med vår tids bokstaver slik at flere kan lese, og dessuten på engelsk slik at Elise nå kan komme hjem igjen til Alice.

Kristin Ørjasæter
Direktør, Norsk barnebokinstitutt
21. mars 2022

Foreword

"*A* book has been published in England [...] which has had great success amongst English girls and boys. We are under the belief that our young readers will not be ungrateful that we convey some of its content." The book referred to is *Alice's Adventures in Wonderland*, but the author's name is not mentioned. The name of those who introduce the Norwegian story about Alice are not mentioned either, and the text has no signature. However, we have reason to believe that it was the sisters Augusta and Emma Hagerup (called E. A. Hagerup) who presented Lewis Carroll's story in Norwegian in the magazine called *Børnenes Blad*[1] on the 1st of October, 1870.

In Norway, several nineteenth-century magazines for children presented literature. Some of the texts were written in Norwegian, but parts of the content were translations and adaptations. It was common to neglect to mention the names of the authors and translators, and so it might be a challenge to reconstruct the book history and the magazine history from that time. However, we might clearly establish that children's literature participated in an international exchange. The best

1 *'Children's Magazine'*.

texts and stories were transferred from one language to another, and from one medium to another. In this case; the book *Alice's Adventures in Wonderland* was transformed into the magazine story "Elise's Adventures in the Land of Wonders".

This very first Norwegian version of *Alice* dates back 146 years, but when the Norwegian Institute for Children's Books prepared a compilation of all Norwegian translations and adaptations of *Alice's Adventures in Wonderland* for Jon Lindseth's *Alice in a World of Wonderlands* (2015), we did not find any traces of this text from 1870 in the catalogs. Still, the suspicion that we might have overlooked a text made Anne Kristin Lande search once more. She is a research librarian at the National Library, and in her essay "Alice – Elise – Else: *Alice* in Norway," she describes how she looked through old catalogs and reference books to find it.

As Anne Kristin Lande's bibliographies demonstrate, *Alice* has appeared constantly in Norway since 1870. Its Norwegian success may be due to the child's perspective of the story. *Alice's Adventures in Wonderland* presents a child who not only travels through a foreign land but also comments on how things work. Without any hesitation she uses her own, childlike perspective as a guideline. She plays with words and terminology, and brags of her knowledge as she questions the order of things. Even though the story is foreign to a Norwegian context, it is characterized by solidarity with the child; the readers see what Alice sees and stand in her shoes in her confrontation with the "adult" characters. Such a child's perspective had a breakthrough in Norwegian children's literature at the 1890s, and thus, the 1870 Norwegian version of *Alice* might have been a source of inspiration.

But what language are we in fact talking about? Hilde Hagerup has transcribed the text from Fraktur to modern letters. It is easily seen that the linguistic tone in "Elise's

Adventures in the Land of Wonders" is close to Danish, thus revealing that in the mid-nineteenth century there were no writing rules for Norwegian. Danish rules were applied at that time. Gradually, the writing rules were adapted to the spoken language and the written language became more "Norwegian". Today, this is called *Bokmål* (the language of books) in contradiction to *Nynorsk* (new Norwegian, which is the result of another language politics, and is based on west Norwegian dialects). Contemporary Bokmål has distanced itself so far from Danish that a text from 1870 inevitably bears testimony to yesterday's language politics.

A translation back to English cannot possibly recreate the linguistic style that reveals how Norwegian in 1870 was spelled as Danish. However, Hilde Hagerup has made the style closer to older English. The fact that she has the same surname as E. A. Hagerup is purely a lucky coincidence. Perhaps the Hagerups have a special affinity to English children's literature? Hilde Hagerup, who is an author herself, contributes to the list of Norwegian authors who, over the years, have engaged themselves in the exchange of *Alice* between English and Norwegian.

It is with great pleasure that The Norwegian Institute for Children's Books presents the first Norwegian version of *Alice's Adventures in Wonderland* from *Børnenes Blad* (1870). We owe it to Anne Kristin Lande, who managed to find it in the archives, and to Hilde Hagerup, who has given the old text contemporary letters so that many can read it. With her translation back to English, Elise may go back home again to Alice.

Kristin Ørjasæter
Director, The Norwegian Institute for Children's Books
21 March 2022

Alice – Elise – Else:
Alice i Norge

lice's Adventures in Wonderland regnes som en av de viktigste barnebøkene i verden, kanskje den aller viktigste. I Norge har fortellingen vært kjent som enten *Else i Eventyrland* eller som *Alice i Eventyrland*. I 2015 ble det feiret at det var 150 år siden boka ble utgitt for første gang. I løpet av disse 150 årene har fortellingen vært utgitt i et ukjent antall land, i et ukjent antall utgaver, versjoner, oversettelser, forkortelser, tegneserie- og filmversjoner. I tillegg har fortellingen blitt illustrert av svært mange forskjellige illustratører.

Fortellingen om *Alice* har vært oversatt til norsk flere ganger. Den første komplette oversettelsen kom i 1903. Oversetter var Margrethe Horn og boka fikk tittelen *Else i Eventyrland*. Den viktigste og mest utbredte oversettelsen var det Zinken Hopp som sto for med sin nyoversettelse fra 1946. Også denne med tittelen *Else i Eventyrland*. Mye på grunn av Disney-filmen som kom i 1951 ble hovedpersonens navn i senere bokutgivelser tilbakeført til det originale *Alice*. Senere viktige norske oversettelser er gjort av Annie Riis i 1990 og

1

Arne Ruste i 2003. Begge disse nyoversettelsene kom fordi fortellingen skulle utgis internasjonalt med nye illustrasjoner. Annie Riis' oversettelse var illustrert av Anthony Browne og Arne Rustes av Helen Oxenbury. Dessuten er det verdt å merke seg at alle disse tre sistnevnte oversetterne, Zinken Hopp, Annie Riis og Arne Ruste, har en betydelig virksomhet som forfattere og poeter i tillegg til en omfattende oversettervirksomhet.

PÅ JAKT ETTER DEN FØRSTE NORSKE ALICE

I desember 2015 fikk jeg en forespørsel fra en norsk forsker (Rolf Romøren). Han var blitt kontaktet av en student (Tuva Maria Engdal) som hadde funnet en referanse i en artikkel han hadde skrevet. Studenten skulle i gang med en masteroppgave om forskjellige oversettelser av *Alice's Adventures in Wonderland* i Norge. Hun hadde i artikkelsamlingen *Nye veier til barneboka* (1997) kommet over hans artikkel "Barnelitteratur, modernitet og modernisme". I en note til en kommentar om Zinken Hopps *Alice*-oversettelse sto det "Først oversatt av Augusta Hagerup: Else i Eventyrland, 1871!"

Artikkelen om moderniteten og det moderne var et arbeid Romøren hadde utviklet over tid. Den ble først gang trykket som "Barnelitteratur, modernitet og modernisme – perspektiv og forskningsoversikt" i *Nye studier i barnelitteratur. Artikkelsamling fra et arbeidsseminar, Søgne, 18.–20. august 1994* (1995). Den ble også trykket samme år i *Norsk litterær årbok*. I 1997 kom en videreføring av artikkelen, og det er først her i den tredje utgaven av artikkelen at det nevnes at *Alice* var blitt oversatt mange år tidligere. Denne opplysningen hadde Romøren hentet fra *Norsk barnelitteraturhistorie* av Tone Birkeland, Gunvor Risa og Karin Beate Vold (1997).

I denne finner man den første omtalen av oversettelsen av *Alice* allerede på side 31, her skrives det om søstrene Augusta og Emma Hagerup som under navnet E. A. Hagerup oversatte en lang rekke tekster for både barn og voksne, utgitt både som bøker og som fortellinger i barneblad og andre tidsskrift.

Mellom anna laga dei to ei forkorta omsetjing av *Alice's Adventures in Wonderland* (1865) for barnebladet Børnevennen så tidleg som i 1870 under tittelen "Elises Eventyr i Undernes Land".

Senere, i litteraturhistorien, i artikkelen hvor det skrives om Zinken Hopp står det dessuten:

Da J. W. Eides forlag i Bergen ble reetablert i 1945, fikk Hopp den krevende oppgaven å gi norsk språk-drakt til nonsenslitteraturens hovedverk, *Alice's Adventures in Wonderland* (64/65), av Lewis Carroll. Den norske utgaven kom ut i 1946 med tittelen *Else i Eventyrland,* senere endret til *Alice i Eventyrland.* (116)

Men det er når man går videre med denne noten, (116), at det begynner å bli spennende. For der står det følgende:

Boka kom første gang ut på norsk i en forkortet versjon i 1871, deretter ny utgave i 1904. Men det var Zinken Hopp som gjorde boka til en klassiker også i Norge.

I disse setningene og notene, fulle av informasjon, henholds-vis i Romørens artikkel og i Birkeland, Risa og Volds barne-litteraturhistorie, er det flere ting å ta tak i og mye som må undersøkes videre.

3

Først sjekket jeg *Norsk bokfortegnelse*. Fantes det virkelig en utgave av boka fra 1871? Her er det også litt motstridende opplysninger i barnelitteraturhistorien. I teksten står det klart at det handler om et barneblad, men i notene kan man få inntrykk av at det handler om en bokutgave.

At det skulle dreie seg om en bokutgave var ikke særlig sannsynlig, for det fantes ikke spor av dette i bokfortegnelsen. Jeg sjekket både *Norsk Bog-Fortegnelse 1866-1872* (1877) og *Norsk Bog-Fortegnelse 1873-1882* (1885). Siden boka ble utgitt under pseudonym sjekket jeg både forfatterens egentlige navn og pseudonymet: Charles Lutwidge Dodgson og Lewis Carroll. Siden oversetter var nevnt, sjekket jeg både E. A. Hagerup, Augusta Hagerup og Emma Hagerup. I tillegg sjekket jeg tittelen, både med alternativet "Alice" og "Elise".

Deretter sjekket jeg utgaven fra 1904, fantes den? Endelig falt noe på plass. For i *Norsk bokfortegnelse 1901-1910* (1912) fant jeg boka. Der sto den oppført slik:

Carroll, Lewis. *Else i Eventyrland*, ved Margrethe Horn. Med originaltegn. af John Tenniel. 1903. 163 s. Norli.

Boka kom altså ut i 1903 og ikke i 1904. At et årstall kan bli feil i en litteraturhistorie kan man leve med, men hva med de andre opplysningene om den tidligere oversettelsen og oversetteren?

Ikke et eneste sted er oversetteren som Romøren nevner i sin artikkel, Augusta Hagerup, nevnt. Så hvor kommer hun inn i bildet? Og hva med E. A. Hagerup som litteratur-historien sier? Her kan det ha blitt referert litt for raskt og kanskje også litt upresist. Men det var kanskje også på sin plass å gå tilbake til barnebladet *Børnevennen* som var nevnt i den løpende teksten i litteraturhistorien?

Problemet var bare at heller ikke her stemmer årstallene.
For når man sjekker med opplysningene i Einar Øklands
artikkel "Norske barneblad" i Tordis Ørjasæter et al.: *Den
norske barnelitteraturen gjennom 200 år* (1981), så er det
neppe i *Børnevennen* denne fortellingen ble publisert første
gang. Einar Økland skriver:

Børnevenner

I førre hundreåret kom det ut tre barneblad med
namnet *Børnevennen*, men det er den første «børne-
venn» som er mest verd omtale [...] Utgjevar var
presten Niels Andreas Biørn (1807–1887). Han
redigerte bladet frå 1843 til 1850, [...] Det domi-
nerande innslaget er likevel framhaldsforteljinga, lånt
frå dansk eller omsett frå tysk eller engelsk.

De andre barnebladene som ble utgitt med tittelen
Børnevennen viste seg å være religiøse misjonsblader som
utelukkende fortalte fortellinger av oppbyggelig art, primært
fra misjonsmarken. Og det er svært lite sannsynlig at de i det
hele tatt ville ha vurdert å trykke en slik absurd nonsens-
fortelling som Alice er. Det betyr at det eneste barnebladet
med denne tittelen som kunne ha vært aktuelt kom ut for
tidlig, og at innholdet ville være uaktuelt for de senere barne-
bladene med denne tittelen.

Nå var det på tide å kontakte forfatterne av barnelitteratur-
historien. Og etter det begynte ting å falle på plass. Gunvor
Risa ga tilbakemelding om at hun mente det kunne dreie seg
om bladet *Børnenes Blad*. Og etter litt leting både i 1871 og i
1870-årgangene, fant jeg fortellingen "Elises Eventyr i
Undernes Land" trykket i "No. 40, Lørdag den 1ste Oktober
1870". Dette var bladets tiende årgang og forlaget var Th.
Friis Jansens Forlag i Kristiania.

Børnenes Blad var et sentralt og populært barneblad som nådde ut til mange av datidens unge lesere. Selv om man ikke finner redaktørens navn i bladet, vet man at både Anthon Bang og O. V. Falck Ytter i perioder hadde redaktøransvaret. Bladets undertittel *Illustreret Ugeskrift for belærende og underholdende Børnelæsning*, var også et tegn på at det var et moderne og framtidsrettet barneblad. Bladet la vekt på fortsettelsesfortellinger, og hentet ofte stoffet sitt fra engelsk litteratur. Man kunne derfor tenke seg at redaktørene også ville la denne fortellingen gå som en tradisjonell fortsettelses-fortelling, fordelt over flere nummer. Men det skjer altså ikke. For hva er det vi får? Jo, vi får en svært forkortet, bearbeidet og delvis gjenfortalt kortversjon, eller hva man nå vil kalle dette, av *Alice's Adventures in Wonderland*. På noe over fire sider, fordelt på knappe ni spalter, får norske barn for første gang lese om Elises viderverdigheter da hun en varm sommerdag følger etter en hvit kanin. Selv om det ikke er så veldig mye som minner om den engelske boka, så gir dette leserne en ørliten smakebit.

Det må også understrekes at det ingen steder i bladet står noe som helst som kan avsløre fortellingens egentlige forfatter eller oversetter. Man vet at E. A. Hagerup, pseudonymet for søstrene Emma og Augusta Hagerup, oversatte mye for bladet, kanskje særlig fra engelsk, men i denne sammen-hengen er de ikke nevnt med et eneste ord.

Noe av det jeg synes er veldig interessant er oversetterens innledning og avslutning. Innledningsvis står det:

> Der er i England udkommet en Bog [...] som har gjort megen Lykke blandt engelske Piger og Gutter. Vi har den Tro, at vore unge Læsere ikke ville være os utaknemlige, for at vi meddele en Del af dens Indhold.

Og avslutningsvis står dette i en note:

Da de mange Ordspil, som gjør Fortællingen dobbelt morsom paa Engelsk, ikke vel kunne gjengives paa Norsk, anse vi det ikke hensigtsmæssigt at meddele mere end disse faa Spalter.

Det er nesten så en får en fornemmelse av at utgiverne eller oversetterne har hatt en intensjon de ikke har klart å gjennomføre. Og den peker også på det som må ha vært alle senere oversetteres store hodepine, det uoversettelige i teksten og alle de språklige finessene og utfordringene som fins i boka.

Jakten på denne fortellingen har vært både en morsom og interessant utfordring. Det å finne fram til det en leter etter, til tross for noen upresise og delvis feilaktige opplysninger underveis, gjør livet til en forskningsbibliotekar faglig svært tilfredsstillende. Det sensasjonelle i dette funnet er at allerede fem år etter at boka kom ut første gang i England i 1865, ble det gjort forsøk på å gjøre den kjent i Norge. Den kom samtidig som de aller første oversettelsene av hele boka kom ut henholdsvis i Frankrike og Tyskland i 1869 og i Sverige i 1870.

HVA SKJEDDE UNDER ELISES EVENTYR I UNDERNES LAND?

Fortellingen tar til i det Elise sitter på en benk en varm sommerdag sammen med en lesende søster, og der sovner hun. Allerede i innledningen etableres fortellingen som en drøm. Og i drømme kan som kjent alt skje.

Det gjør at hun ikke stusser over at kaninen som springer forbi tar opp en klokke fra vestlommen sin. Men så nysgjerrig blir hun at hun følger etter, ned i kaninhullet. Beskrivelsene av hullet følger originalen, ikke ordrett, men ganske greit. Et pussig unntak er at det tomme syltetøyglasset hun finner, har inneholdt stikkelsbærsyltetøy og ikke appelsinmarmelade. Man kan jo undre seg over dette. Kanskje stikkelsbærsyltetøy kjennes mer alminnelig og vanlig og kanskje norsk og ikke så eksklusivt og fremmed som appelsinmarmelade? Likeledes undrer Elise på om hun kommer til å ende i Australia eller Amerika og ikke som Alice, som er engstelig for å havne i New Zealand eller Australia. Dette skulle vel egentlig gå omtrent ut på ett, bortsett fra at det er større avstand mellom Australia og Amerika enn mellom New Zealand og Australia. Underveis nedover har Elise en ganske surrealistisk samtale med seg selv, ikke helt som i originalen, men tett nok. Og rett før hun bums lander uskadd på bunnen, drømmer hun at hun sovner. En slags drøm i drømmen.

Elise fortsetter etter kaninen, mister han av syne, kommer til rommet med alle dørene, ser glassbordet, gullnøkkelen og finner flasken som det står "Drik mig" på. Og etter en liten digresjon hvor hun tenker på alle de moraliserende advarsels-fortellingene hun har lest i sitt liv, drikker hun innholdet i flasken uten flere dikkedarer. Alice derimot er opptatt av alle smakene det er på innholdet i flasken. Senere finner Elise en kake som hun også spiser for å justere størrelsen sin igjen.

Nesten fem spalter, altså over halve fortellingen i *Børnenes Blad*, går med til å gjengi dette første kapittel relativt detaljert. Det er muntert, morsomt og med en viss nerve. Men deretter går det fort i svingene, for fort.

Store deler av kapittel to blir også gjenfortalt på en relativt forståelig måte. Mye av det morsomme og surrealistiske i teksten forsvinner, men det er fortsatt et visst gjenskinn av originalen. Dette kapitlet dekker i overkant av to spalter av den trykte teksten. Da blir det ikke mye igjen til bokas ti resterende kapitler. Men herfra og ut er det lagt inn lite handling. Men andre ord der skjer fint lite. Det oppleves som en veldig grov, unyansert og forenklet oppramsing. Man er innom noen av de snodige figurene; kålormen som røyker vannpipe sittende oppå en sopp, Elise som spiser av denne soppen for nok en gang å justere størrelsen sin. Vi introduseres for kongen, dronningen og soldatene, og krokettspillet blir beskrevet, men alt som gjør den originale teksten annerledes, morsom og til underholdende lesning er tatt vekk. Her er det lite å more seg over. Handlingen slutter brått med at Elise begynner å trette med dronningen, og i det hun skal tas til fange, våkner hun opp av drømmen. Og leserne avspises da med informasjonen om at dette egentlig var umulig å oversette til norsk.

Det blir underveis satt et slags fokus på spisingen og drikkingen og alle de kroppslige forandringene dette medfører. Men møtene med alle de rare skikkelsene og tablåene og episodene som boka består av er enten helt utelatt eller blir bare så vidt nevnt. Jeg savner mye av det som jeg oppfatter som bokas kjerne, Cheshire-katten, babyen som forvandles til en gris, teselskapet, den gale hattemakeren bare for å nevne noe, i tillegg savner jeg mange av de underlige dyrene også. Mye av det som foregår på vei gjennom hagen er også utelatt. Jeg mener oversetterne går fra å forsøke å gjenskape en stemning til å ende opp med ramse opp snodige og rare skikkelser.

Når en kjenner denne teksten enten i original eller som en helhet i oversatt form, så er det neste litt sørgelig hva som har skjedd med den. Vi får en innledning, noen anslag og deretter en oppramsing som ikke vekker verken nysgjerrighet eller undring. Fra å starte opp ganske friskt, ender det ganske tamt med en oppsummering hvor noen få utvalgte skikkelser er nevnt. De aller fleste av de morsomme og absurde samtalene og dialogene er fjernet. Bare et veldig spinkelt skjelett blir stående igjen.

Men når det er sagt, det er all grunn til å applaudere dette forsøket. Det at det bare gikk fem år fra originalens utgivelse til fortellingen nådde norske lesere er både imponerende og beundringsverdig. Jeg vil tro at i hvert fall noen nysgjerrige norske barn kastet seg over den danske utgaven, utgitt som *Maries Hændelser i Vidunderlandet*[1] i 1875.

Da *Alice's Adventures in Wonderland* ble utgitt i 1865, representerte den noe helt nytt. Kanskje spesielt fordi vi her har å gjøre med en heltinne som helt uten å tenke seg om følger en impuls. Totalt uten redsel og bekymring legger hun i vei alene, ut på eventyr. Hun er grenseløst nysgjerrig, hun skifter størrelse etter behov og hun skremmes ikke av noe. Boka er også helt uten en klar og entydig pekefingermoral. Her er det lek, ordspill og fantasi som gjelder. I engelsk barnelitteratur har det vært en tradisjon for det å leke med språket. Dyrene som opptrer underveis, både de som opptrer i egne skikkelser og de som framstår som noe annet, har klare forbilder i den mer tradisjonelle dyrefortellingen.

Mange regner dessuten denne nonsensfortellingen som starten på det som siden har gått under betegnelsen fantastisk litteratur. Kaninhullet framstår som inngangen til en annen verden, en verden med sine egne lover og regler. Og selv om det her ikke handler om kampen mellom det gode og det onde, så er denne boka en slags start på en helt ny måte å fortelle til barn på.

Alice's Adventures in Wonderland er en bok som begynte som en muntlig fortelling fortalt til noen utvalgte barn. Den har mange henvisninger til engelsk tradisjon. Og det er riktig at den kan være krevende både å lese og å forstå for lesere med en annen bakgrunn. Men når en ser på bokas enorme popularitet og ikke minst utbredelse gjennom de siste 150 år, blir det et argument som faller på sin egen urimelighet. På

1 En ny utgave av denne boken er under utarbeidelse av Evertype, ISBN 978-1-78201-225-2.

disse årene har *Alice's Adventures in Wonderland* gått fra å ha vært en engelsk barnebok til å ha blitt en svært viktig del av manges felleskulturelle referanseramme.

Anne Kristin Lande
Oslo, 2022

Alice – Elise – Else:
Alice in Norway

lice's Adventures in Wonderland is regarded as one of the most important children's books in the world, perhaps *the* most important one. In Norway, the story has been known as either *Else i Eventyrland* or *Alice i Eventyrland*. In 2015, the 150th anniversary of the book was celebrated throughout the world. During these 150 years, the story has been published in an unknown number of countries, in an unknown number of translations, adaptations, and abridged versions, and has been made into comics and films as well. Additionally, the story has been illustrated by a vast number of illustrators.

The story about Alice has been translated into Norwegian several times. The first complete translation was published in 1903. The translator was Margrethe Horn, and the title she gave the book was *Else i Eventyrland*. For many years the most important and by far the most widespread translation was the one by Zinken Hopp, whose adaptation and translation was published in 1946. This edition was also given the title *Else i Eventyrland*. Mostly because of the animated film

Alice's Adventures in Wonderland, released by Walt Disney in 1951, the protagonist's name was changed back to the original Alice in later versions of this translation. Modern and much more accurate Norwegian translations were published later, by Annie Riis in 1990 and Arne Ruste in 2003. Both these new translations were initiated because the story was to be published worldwide with new illustrations. Annie Riis's translation was illustrated by Anthony Browne and Arne Ruste's by Helen Oxenbury. It is also worth mentioning that these three last-mentioned translators all are important writers and poets in addition to their extensive work as translators.

LOOKING FOR
THE VERY FIRST NORWEGIAN *ALICE*

In December 2015 I got a request from a Norwegian researcher, Rolf Romøren. He had been contacted by a student, Tuva Maria Engdal, who had found a reference in an article he had written. The student was starting her work on a master's degree on the different translations of *Alice's Adventures in Wonderland* in Norway. She had in the anthology *Nye veier til barneboka*[1] (1997) come across his article "Barnelitteratur, modernitet og modernisme".[2] In a footnote commenting on Zinken Hopp's Alice translation, he had written "First translated by Augusta Hagerup: Else i Eventyrland, 1871!"

This article on modernity and the modern was an article Romøren had developed over some time. At first it was published as "Barnelitteratur, modernitet og modernisme – perspektiv og forskningsoversikt"[3] in *Nye studier i barne-litteratur*[4] (1995). Later the same year, the article was also

1   'New Paths to Children's Books'.
2   'Children's literature, modernity and modernism'.
3   'Children's literature, modernity and modernism – perspectives and research'.
4   'New Studies on Children's Literature'.

published in *Norsk litterær årbok*.[5] So it was here in the third edition of this article that the information on an early translation of the story of Alice was mentioned. This information Romøren had found in *Norsk barnelitteraturhistorie*[6] by Tone Birkeland, Gunvor Risa, and Karin Beate Vold (1997).

It is here on page 31 that the first mention of the early translation of *Alice* is found. This information is in the paragraph about the sisters Augusta and Emma Hagerup, who under the name E. A. Hagerup translated a large number of books and stories, both for children and adults, published both as books and in magazines. It says:

> They made among others an abridged version of *Alice's Adventures in Wonderland* (1865) for the children's magazine *Børnevennen*[7] as early as 1870 with the title "Elises Eventyr i Undernes Land".[8]

Later, in the article about Zinken Hopp from the same book it says:

> When the publishing house J. W. Eide, in Bergen, was re-established in 1945, it was Hopp who got the challenging task to translate the major work in the nonsense tradition, *Alice's Adventures in Wonderland* (1864/65), by Lewis Carroll into Norwegian. The Norwegian edition was published in 1946 with the title *Else i eventyrland,* later changed into *Alice i eventyrland*. (116)

But it is when you follow this footnote number 116 that it gets intriguing. It says:

---

5 *'Annual of Norwegian Literary Research'*.
6 *'The History of Norwegian Children's Literature'*.
7 *'Children's Friend'*.
8 'Elise's Adventures in the Land of Wonders'.

The book was first published in Norwegian in an abridged version in 1871, later on in a new version in 1904. But it was Zinken Hopp who made the book into a classic in Norway.

In these two footnotes full of information, and in the text, respectively in Romøren's article and in *The History of Norwegian Children's Literature* by Birkeland, Risa, and Vold, there is a lot more to look into.

First of all I examined *Norsk bokfortegnelse*.[9] Did there really exist an actual book from 1871? Or was the story published in a children's magazine? There was really some contradictory information in *The History of Norwegian Children's Literature*. The text was clear on mentioning a children's magazine, but reading the notes you could be made to believe that it might have been a book.

That it would be a book was not likely, most of all because there was no trace of it in the national bibliography, neither in *Norsk Bog-Fortegnelse 1866–1872* (1877) nor in *Norsk Bog-Fortegnelse 1873–1882* (1885). Since the book was published under a pseudonym, I checked both the real name of the author and the pseudonym: Charles Lutwidge Dodgson and Lewis Carroll, and since the translators were mentioned, I checked all three possibilities: E. A. Hagerup, Augusta Hagerup, and Emma Hagerup. In addition, I checked the title, starting with the alternatives Alice and Elise.

So what about the edition from 1904 – did it exist? And then at least some things started to fall into place, because in *Norsk bokfortegnelse 1901–1910* (1912), I found the book I was looking for. There it was:

9 '*The Norwegian National Biography*'.

Carroll, Lewis. Else i eventyrland, ved *Margrethe Horn*. Med originaltegn. af *John Tenniel*. 1903. 163 s. Norli.[10]

In other words the book was published in 1903, and not in 1904. That some small detail in a history of literature can go wrong, I accept, but what about the other information, the one about the very first early translator and translation?

Not in a single place is Augusta Hagerup, the translator mentioned in Romøren's article, acknowledged. So where does she fit into the picture? And what about E. A. Hagerup, mentioned in the history of children's literature? This can be an example of hasty reference work and some inaccuracy. But now is perhaps the time to have a closer look at the children's magazine *Børnevennen* mentioned explicitly in the text in the history of children's literature?

The problem here as well was the dates of publication. When checking the information in Einar Økland's article "Norske barneblad"[11] in Tordis Ørjasæter, et al.: *Den norske barnelitteraturen gjennom 200 år*[12] (1981), it is hardly in *Børnevennen* this story was first published. Quoting Einar Økland:

Børnevenner[13]

In the last century there were published three magazines for children with the title *Børnevennen*, but it is the first "children's friend" that is most worth mentioning [...] The publisher was the vicar Niels Andreas Biørn (1807–1887). He edited the magazine from 1843 to 1850, [...] The main content was serial

---

10 '*Else in Adventureland*, by Margrethe Horn. With original drawings by John Tenniel. 1903. 163 pp. Norli'.

11 'Norwegian Children's Magazines'.

12 '*Norwegian Children's Literature thorugh 200 years*'.

13 '*Children's Friend*'.

stories, mostly copied from Danish or translated from German or English.

The other magazines for children published with the title *Børnevennen* appear to be religious magazines exclusively writing about the mission and the missionary field. So it is not likely they even would have considered publishing an absurd story of nonsense like this one about Alice. That means that the only magazine with this title which could have been an option was published too early, and that the content would have been out of the question for the other magazines with this title.

Now was the time to contact the writers of the history on children's literature, which was really helpful. Gunvor Risa responded that it might be the magazine *Børnenes Blad*.[14] And after searching first the 1871 and later the 1870 edition, I finally found the story "Elises Eventyr i Undernes Land", published in "No. 40, Saturday, 1st October 1870". This was the tenth volume of the magazine, and the publisher was Th. Friis Jansens in Kristiania (now Oslo).

Børnenes Blad was an important as well as a popular magazine for children, reaching many of the contemporary young readers. Even though one cannot find the editor's name anywhere in the magazine, we know that both Anthon Bang and O. V. Falck Ytter at times were among the editors. The subtitle of the magazine *Illustreret Ugeskrift for belærende og underholdende Børnelæsning* ('Illustrated Weekly Educational and Entertaining Reading for Children'), was also a signal that the magazine was both modern and progressive, and oriented towards the future as well. The magazine emphasized serial stories, often drawing on English literature. One would think that the editors would let this story be published over several numbers, but that does not happen. And what do we

14 '*Children's Magazine*'.

get? Well, we get a very short, adapted, and partly retold shortened version of *Alice's Adventures in Wonderland*. On little more than four pages, divided into scarcely nine paragraphs, Norwegian children get for the first time the opportunity to read about Elise's tribulations when she on a hot summer's day follows after a white rabbit. Even though there is not much that remains of the English book, it gives the readers just about a tiny taste of it.

And I would like to stress the fact that nowhere in the magazine is written anything to reveal the real author or translator of the story. We do know that E. A. Hagerup, the joint pseudonym for the sisters Emma and Augusta Hagerup, did a lot of the translation work for the magazine, but on this occasion they are not mentioned at all.

Something I find both intriguing and interesting is the translator's comments. At the beginning it is stated:

> A book has been published in England [...] which has had great success amongst English girls and boys. We are under the belief that our young readers will not be ungrateful that we convey some of its content.

And at the end this is written:

> As the many puns that make the story doubly fun in English are not easily translatable to Norwegian, we don't see it as useful to convey more than these few columns.

You almost get the feeling that the publisher and/or the translator had an intention they were not able to follow through with. It is also pointing in a direction to what must have been all the later translators' headache, the untranslatable aspects of the text and all the details, nuances, and challenges of the language.

Searching for this story has been both a fun and an interesting challenge. To finally find what you are looking for, despite some inaccurate and even some completely wrong information along the road, really makes the life of a research librarian most fulfilling. The sensational discovery in this is that only five years after the publication in England in 1865, the story debuted in an abridged form in Norway. The first full translations of the book ever were in France and Germany in 1869 and in Sweden in 1870.

WHAT HAPPENED DURING
ELISES EVENTYR
I UNDERNES LAND?

The story starts as Elise is sitting on a bench a hot summer's day together with her sister, who is reading, and there she falls asleep. Already at the beginning the story establishes itself as a dream, and as well known, in a dream anything is possible.

That is why she does not wonder at all at the fact that the rabbit running past her picks up a watch from his waistcoat pocket. But she gets curious and starts to follow him, down into the rabbit hole. The description of falling down the hole is almost like in the original book, not word-for-word, but quite similar. An odd thing is the empty jar she finds, which had contained gooseberry jam instead of orange marmalade. That makes one wonder. Maybe gooseberry jam feels a bit more common and ordinary and probably more Norwegian and not as exclusive and exotic as orange marmalade? At the same time Elise wonders whether she will end up in Australia or America, whereas Alice worries about ending up in New

Zealand or Australia. I would think this would count for the same, except for the fact that there is a larger distance between Australia and America than between New Zealand and Australia. On the way down Elise has quite a surreal conversation with herself, not quite like the original, but close enough. And just before she hits the bottom, unhurt, she dreams that she is dreaming.

Elise continues to follow the rabbit, loses sight of him, comes into the room with all the doors, sees the table made of glass and the golden key, and finds the bottle labeled with "Drink me." And after a short digression where she thinks about all the moralizing and admonitory stories she had ever read, she drinks the content of the bottle without further fuss, as opposed to Alice, who is very occupied with all the different tastes in the bottle. Later on Elise finds a cake that allows her to adjust her size.

Almost five paragraphs, in other words more than half of the story in *Børnenes Blad*, are used to retell in detail the first chapter of the book. It is cheerful and fun, and with a sting. But from here on, the ride is short, too short.

A greater part of chapter two is also retold quite under-standably. Much of the fun and surrealism in the text disappear, but some of the atmosphere is still present. This chapter covers a little more than two paragraphs of the printed text. In other words, very little space is left for telling the remaining ten chapters of the book. And as a consequence, from here on very little is actually happening. The rest appears to be coarse, without nuance and almost as a list of events. Some of the strange characters appear in the text, such as the caterpillar sitting smoking on top of a mushroom, a mushroom Elise eats from, which once again enables her to adjust her size. We are introduced to the king, the queen, and the soldiers, and to the game of croquet as well. But all the things that make this text enjoyable and fun to read are gone, so there is very little amusement left. The story stops rather abruptly when Elise starts quarreling with the queen, and at the very same moment she is about to get captured, Elise wakes up from her dream. In a note at the end, the readers are put off with the information that this book is impossible to translate into Norwegian.

In this retelling there is a sort of focus on eating and drinking and all the bodily changes that Elise is put through. However, the meeting with all the strange characters, the stories, and the strange happenings are either gone or barely mentioned. I miss a lot of the parts I consider to be the core of the story: the Cheshire-Cat, the baby that changes into a pig, the tea-party, the Hatter, and the strange animals, just to mention some. A lot of the things happening in the garden are left out as well. While the first part of the story tries to replicate the complex and distinctive atmosphere of the original, at the end it is reduced to a series of mentions of strange characters and episodes.

When one knows this text in its original version or as a fully translated text, it is almost sad to notice the changes. We get an introduction, some good starts, and from there on a rattling of episodes. This does not establish any curiosity nor any wonder. It starts up with a lot of energy, and ends up quite dull, only referring to strange episodes. Most of the fun and absurd dialogues are gone and only a very small draft is left.

Even considering all this, there is every reason to applaud this translation. Only five years went by from the original story's publication in England till it reached the Norwegian audience. That is impressive and remarkable. And I do think that at least some of the Norwegian readers rushed to the Danish translation of the book, published as *Maries Hændelser i Vidunderlandet*[15] in 1875.

---

15 '*Marie's Events in Wonderland*'. A new edition of this book is forthcoming from Evertype, ISBN 978-1-78201-225-2.

When *Alice's Adventures in Wonderland* was published in 1865, it was something quite new. First of all, we here have a female protagonist who without any delay follows an impulse. Totally without any fear and worry, she sets out alone on an adventure. She is curious without limits, her size changes all the time, and she never gets afraid. The book is without a finger pointing at a moral. The things that count here are play, playing with words and imagination. In English literature for children, there is a tradition for this way of telling stories. The animals we meet, both the ones we meet in their own shape and those who look like something quite different, find their models in the traditional animal stories.

Many people consider this story of nonsense to be the starting point of the genre known today as fantastic literature. The rabbit hole is the door into another world, a world with its own rules and regulations. Even though this book is not about the struggle between good and evil, it is a start on this new way of telling stories to children.

Alice's Adventures in Wonderland is a book that started out as a story told to a special group of children. It has a lot of references to English tradition, and it is a fact that it can be both challenging to read and to understand for readers with another background. But when you see the book's enormous popularity and not least its extensive reach and influence during the last 150 years, that statement collpases. Over the years *Alice's Adventures in Wonderland* has changed from being an English book for children to a common point of reference for people of all ages from all over the world.

Anne Kristin Lande
Oslo, 2022

Elises Eventyr
i Undernes Land

Elise's Adventures
in the Land of Wonders

Elises Eventyr
i Undernes Land[1]

Der er i England udkommet en Bog med ovenstaaende Titel, som har gjort megen Lykke blandt engelske Piger og Gutter. Vi har den Tro, at vore unge Læsere ikke ville være os utaknemlige, for at vi meddele en Del af dens Indhold.

Elise er en liden Pige, som ved Begyndelsen af Fortællingen en hed Sommerdag sidder ved Siden af en ældre Søster paa en Bænk.

Søsteren læser, og Elise, som er overladt at more sig selv, sidder og studerer paa, om det vel er saa morsomt at gjøre en Kjæde af Lænkeblomster, at det er Umagen værdt at reise sig for at pille Blomsterne. I skjønner, det er en slik gruelig Hede, og Elise begynder at føle sig helt døsig og søvnig, hendes Hoved synker ned paa Græsset; hun sover og saa er det i Drømme, at alt dette underlige hænder hende.

Allerførst kommer en hvid Kanin med smaa plirende Øine forbi hende. Nu, det var nu i og for sig selv ikke saa rart; men

1 Teksten, som ble trykket i *Børnenes Blad. Illustreret Ugeskrift for Ungdommen.* No. 40, Lørdag den 1ste Oktober 1870, er her overført fra gotisk skrift til antikva.

da Elise ser den tage et Uhr ud af sin Vestelomme og se efter, hvad Klokken er, saa finder hun det rigtignok mærkværdigt, og faar Lyst til at følge efter den.

Hun løb over Engen efter den og kom netop tidsnok til at se den smutte ned i et Hul under et Gjærde. Uden at betænke sig et Øieblik styrter Elise efter den.

I Førstningen var Hullet lig en Tunnel; men derpaa gik det pludselig nedover ligesom en Brønd. Nu ved jeg ikke, enten Brønden var saa forskrækkelig dyb, eller hun faldt meget langsomt, nok af det, hun havde god Tid til at se sig om, medens hun faldt og til at undre sig paa, hvad dernæst skulle ske.

Først forsøgte hun at se nedad, hvor hun kom hen; men det var for mørkt til at hun kunde se nogen Ting. Dernæst saa hun paa Brøndens Sider og bemærkede, at de vare fyldte med Skabe og Boghylder; hist og her hang Karter og Skilderier. Hun tog ned en Krukke fra en Hylde, som hun passerede forbi; den var mærket *Stikkelsbærsyltetøi*; men til hendes store Ærgrelse var den tom. Hun kastede ikke Krukken fra sig av Frygt for, at hun kunde komme til at dræbe nogen nedenunder, men satte den ind i et Skab, som hun senere kom forbi.

„Nu," tænkte Elise, „efter et sligt Fald som dette maa det være som ingenting at falde ned over Trapperne hjemme. Hvor de skal synes, at jeg er kjæk hjemme herefter! Jeg tror ikke, jeg vilde sige et Gran, om jeg ogsaa faldt ned fra Taget paa Bygningen[."] ([I]kke så urimeligt.)

Ned og ned og bestandig dybere ned gik det. Vilde da Faldet aldrig tage nogen Ende?

„Jeg undres paa, hvormange Mile, jeg nu er falden," sagde hun høit, „jeg maa være kommen saa omtrent midt ind i Jorden snart. Lad mig se, det vilde være næsten 600 Mile.["] (I se, at hun havde lært et og andet i Skolen[.)] [„J]eg undres, paa hvilken Længde og Bredde jeg er.["] Nu vidste hun ikke saa aldeles nøie Besked paa, hvad Længde og Bredde var; men

26

hun fandt Anledningen passende til at bruge slige storartede Udtryk.

[„]Jeg undres riktig, om jeg skal falde helt igjennem Jorden, hvor det skal blive pudsigt at komme ud blandt Folk, som gaar med Hovederne nedad. Saa maa jeg spørge meg fore, hvad Landet hedder:

„Aa, de kunde vel ikke være saa snild og sige mig, om dette er Australien eller Amerika?“ og saa forsøgte hun at neie pent med det samme. (Tænk eder Smaapiger at neie, medens I holde paa at falde ned igjennem Luften, hvordan tror I, det vilde gaa?) „Aa du, hvor de vil synes, jeg er en uvidende Pige, som spørger slig. Nei det gaar ikke an at spørge, jeg faar se, om det ikke skulde staa skrevet nogetsteds.“

Ned og ned og bestandig dybere ned gik det. Der var ikke noget andet at gjøre, derfor begyndte Elise at prate med sig selv igjen.

„Hvor Pus vil savne mig iaften, jeg haaber de huske paa at give den sin Skaal med Melk. Jeg skulde ønske, jeg havde Pus her hos mig. Der er rigtignok ingen Mus i Luften; men saa kunde den fange Flaggermus. Men spiser Kattepuser Flaggermus, det undres jeg rigtig paa?[“] Her begyndte Elise at blive temmelig søvnig og vedblev halvt i søvne at gjentage: [„]Spiser Kattepuser Flaggermus? [S]piser Kattepuser Flaggermus?[“] og sommetider: [„S]piser Flaggermuser Kattepus?[“] For, ser I, naar hun ikke kunde besvare Spørgsmaalet, saa kunde det jo ogsaa være det samme, om hun sagde det bagvendt.

Hun følte, at hun holdt paa at faa sig en Lur og havde netop begyndt at drømme, at hun gik og spadserede Haand i Haand (eller Haand i Lab) med Pus og meget alvorligt spurgte: „Pus[,] sig mig sandt, om du nogensinde har spist en Flaggermus?“ Da hun pludselig kom ned paa en Hob Kviste og tørre Blade, og Faldet var forbi.

Elise var ikke kommen det mindste tilskade, og hun var paa Benene igjen i en Fart. Hun saa opad; men der var alt mørkt;

foran hende var der en lang Gang, og den hvide Kanin var endnu synlig, idet den skyndte sig afsted. Der var intet Øieblik at tabe, Elise lagde ivei og kom tidsnok til at høre den sige, med det samme den dreiede om et Hjørne: „Hvor sent det blir for mig!"

Hun var hurtigt efter den om Hjørnet; men Kaninen var borte. Hun befandt sig i en lang, lav Gang, som oplystes ved en Række Lamper, der hang ned fra Taget. Der var en hel Del Døre paa hver Side af Gangen, men de var stængte allesammen, og da Elise havde gaaet den ene Side op og den anden ned og forsøgt dem alle, gik hun bedrøvet ned over igjen og undrede sig paa, om hun nogensinde skulde komme ud igjen.

Pludselig kom hun til et lidet Bord paa tre Ben af tykt Glas. Paa det laa ingenting uden en liden Nøgel af Guld, og Elises første Tanke var, at den maatte høre til en af Dørene. Men ak! enten vare Laasene for store eller Nøglen for liden, det var ikke muligt at faa den til at lukke opp nogen af dem. Dog da hun for anden Gang gik omkring og prøvede den, kom hun til et lidet Gardin, som hun ikke havde lagt Mærke til før, og bag det var en liden Dør, omtrent femten Tommer høi. Hun prøvede Nøglen i Laasen, og til hendes store Glæde – den passede.

Elise aabnede Døren og fandt, at den førte til en liden Aabning, ikke stort større end et Rottehul. Hun lagde sig da ned og saa igjennem den ind i den nydeligste lille Have, nogen kunde tænke sig.

Hvor hun havde Lyst til at komme ud af den mørke Gang og spadsere omkring blandt de deilige Blomster og pladskende Vandspring; men hun kunde ikke engang faa sit Hoved igjennem Aabningen.

„Og selv om jeg kunde faa Hovedet igjennem," tænkte lille Elise, „saa vilde det være til liden Nytte, naar ikke Skuldrene kunde komme med. Jeg skulde ønske, jeg kunde skydes sammen som en Kikkert, jeg tænker nok, det lod sig gjøre, naar jeg bare vidste, hvordan jeg skulde begynde.["] Elise havde, forstaar I, nu seet og oplevet saameget rart, at hun ikke syntes, nogenting kunde være umuligt.

Nu at staa og vente ved den lille Dør førte ikke til noget, derfor gik hun tilbage til Bordet, halvt haabende at finde en anden Nøgel der eller kanske en Bog med Regler for, hvorledes Folk kunne skydes sammen ligesom Kikkerter.

Denne Gang fandt hun en liden Flaske („som sandelig ikke stod der før," sagde Elise) og rundt om Flaskens Hals en liden Seddel, hvorpaa stod skrevet: *Drik mig.*

Det var vel nok, at der stod „drik mig["‚] men den lille fornuftige Elise skyndte sig netop ikke med at gjøre det. „Nei først vil jeg se efter, om den er mærket [‚]Gift['] eller ikke," for hun havde læst mange Fortællinger om Smaapiger, som vare døde eller komne tilskade, fordi de ikke havde fulgt de Regler, som deres Mama havde givet dem, og hun havde hørt, at naar en liden Pige drikker af en Flaske, som er mærket „Gift", saa bliver hun syg og dør.

Dog denne Flaske var ikke mærket „Gift", derfor vovede Elise at smage paa Indholdet, og da hun fandt det overmaade godt, var hun snart færdig med det.

„Hvor rart det er," sagde Elise, „jeg mener, jeg skydes sammen ligesom en Kikkert."

Og saaledes var det i Virkeligheden. Hun var blot 10 Tommer høi, og hendes Ansigt straalede af Glæde over, at hun nu maatte være passe til at slippe gjennem den lille Dør ind i den nydelige lille Have.

Først ventede hun imidlertid nogle Minutter for at se, om hun kanske blev endnu mindre, og hun gøs lidt ved den Tanke, „for da blev det jo tilsidst aldeles forbi med mig," tænkte hun, „akurat som et Lys, der brænder ud; jeg gad vide, hvordan det da skulde gaa?"

Men det viste sig, at hun ikke blev mindre, og hun besluttede da at gaa ind i Haven; men ak! stakkars Elise, da hun kom til Døren, fandt hun, at hun havde glemt den lille Nøgel paa Bordet. Hun gik da tilbage, men kunde ikke længer naa saa høit. Hun kunde saa tydelig se den gjennem Bordets Glasskive, og hun gjorde sit bedste for at klatre op over en av Bordbenene; men det var for glat, og da hun var træt af at prøve paa det, satte hun sig til at græde.

„Vær saa god at reis dig op, det nytter ikke til noget at sidde saadan og skrige,“ sagde Elise til sig selv. Hun pleiede nemlig at være meget streng med sig selv og give sig selv gode Raad, der rigtignok ikke altid bleve fulgte. Sommetider kunde hun skjænde paa sig selv, saa at Taarerne kom hende i Øinene; ja engang havde hun endog forsøgt at give sig en Ørefigen, fordi hun havde fusket i et Spil Kroket, som hun spillede med sig selv, for hun havde en saadan gruelig Lyst til at være to Personer denne lille Pige.

„Men nu nytter det ikke at tænke paa at være to Personer,“ tænkte lille Elise, „det er knapt, at der er nok tilbage af mig til at være en.“

Da faldt hendes Øie paa en liden Glasæske, som stod under Bordet. Hun aabnede den og fandt en ganske liden Kage med den Indskrift: *Spis mig.* „Nu vel,“ sagde Elise, „jeg kan gjerne spise den, for om den gjør mig større, saa kan jeg række Nøglen, og om den gjør mig mindre, saa kan jeg krybe under Døren, saa i begge Tilfælde kommer jeg ind i Haven.“

Hun spiste en liden Bid og sagde ængstelig til sig selv: „Hvilken Vei gaar det?“ [H]un tog med Haanden op til sit Hoved for at kjende efter, hvilken Vei hun voxede; men blev høist forbauset over at finde, at hun blev, som hun var. Nu er det vistnok saa, at dette i Regelen er Tilfældet, naar Smaapiger spiser Kage; men Elise var nu saa inde i det vidunderlige, at hun blev ganske overrasket, naar der skeede noget almindeligt.

30

Snart havde hun spist Kagen op. „Pudsigere og pudsigere,"
raabte Elise, „nu strækker jeg mig ud som den største
Kikkert, der nogensinde har været til. Goddag Fod!" (thi naar
hun saa ned, saa syntes hendes Fødder at være saa langt
borte, at de næsten vare ude af Syne). „Aa mine stakkars Ben,
hvem skal nu have paa eder Sko og Strømper, for jeg kan
sandelig ikke naa saa langt. Dog jeg faar være snil mod dem,"
tænkte hun, „ellers kanske de ikke ville gaa den Vei, jeg vil.
Lad mig se, jeg vil give dem et Par Støvler til Jul. Men hvor-
ledes skal jeg faa givet dem dem; jeg faar sende Bud med
Addresse: Hr. Elises høire Fod! Hr. Elises venstre Fod!"

Netop i dette Øieblik stødte hendes Hoved mod Taget. I
Virkeligheden var hun nu over 9 Fod høi; derfor tog hun den
lille Nøgel og gik til Havedøren; men nu var det ikke mere end
saa, at hun kunde kige ind ved at lægge sig flad ned. At slippe
ind var mere umuligt end nogensinde, og hun gav sig til at
græde igjen.

„Du burde skamme dig," sagde hun da til sig selv, „at sidde
og skrige saaledes en saadan stor Pige, som du er[."] ([J]a
det havde hun da Grund til at sige.) [„]Værsaagod at holde
op paa Øieblikket!" Men det hjalp ikke, hun vedblev at græde
og slige svære Taarer, at der blev en ordentlig liden Taaredam
om hende 4 Tommer dyb omtrent.

Om en liden Stund hørte hun Trippen af smaa Fødder, og
hun tørrede hastig sine Øine for at se, hvad det var, som kom.

Det var den hvide Kanin, som vendte tilbage i det elegan-
teste Toilette med hvide Handsker og en Vifte i Haanden.

Den kom i største Hast mumlende ved sig selv: „Aa
Hertuginden! Hertuginden! [H]vad siger hun, naar jeg lader
hende vente?"

Elise følte sin Stilling saa fortvivlet, at hun syntes, hun
maatte spørge om Raad hos nogen. Da derfor Kaninen kom
nærmere, sagde hun med lav, frygtsom Stemme: „Aa de kunde

31

vel ikke være saa snil at –“: men Kaninen blev saa ræd, at den tabte Vifte og Handsker og løb sin Vei, saa fort den kunde.

Elise tog op Viften og Handskerne, og da det var temmelig varmt i Gangen, viftede hun sig, medens hun fortsatte sin Passiar: „Uf, hvor alt gaar galt idag, og igaar gik alt som sædvanlig. Jeg gad vide, om der er skeet nogen Forandring med mig inat. Mon jeg var den samme, da jeg stod op idag, som da jeg lagde mig? [J]eg synes nok, der kanske var en liden Forskjel. Men dersom jeg ikke er den samme, hvem i al Verden kan jeg da være?“

Saa begyndte hun at tænke over alle de Børn, som hun kjendte, og som var paa samme Alder som hun, om hun kanske skulde være forvandlet til en af dem.

„Karen er jeg nu ikke, det er jeg vis paa, for hendes Haar er krøllet, og mit er ikke det mindste krøllet. Og Lina kan jeg slet ikke være, for hun kan ingenting, og jeg kan saa meget. Lad mig se, om jeg ved alt det, som jeg pleier at vide? 2 Gange 5 er 10, 2 Gange 6 er 11, 2 Gange 7 er 12. Nei det blir ikke rigtig. Lad mig se i Geografi: Stokholm er Hovedstaden i Kjøbenhavn, Kjøbenhavn er Hovedstaden i Paris, Paris er Hovedstaden i Rom. Nei det bliver rent galt,[“] sagde den stakkars Elise grædende. [„]Jeg maa nok være Lina alligevel. Uf saa skal jeg bo i den lille elendige Gaard og ikke have nogen Leger eller Dukker, saaledes som hun. Nei da vil jeg ikke op igjen. Naar de kommer og raaber til mig, at jeg skal komme op, saa vil jeg først spørge, hvem jeg er. [–] Aa gid der vilde komme nogen!“ udbrød hun, „[D]et er saa ondt at være her alene.“

Som hun sagde det, saa lagde hun Mærke til, at hun i Tanker havde trukket paa den ene af de smaa Kaninhandsker.

„Men hvorledes kan det gaa til,“ tænkte hun, „da maa jeg jo være bleven liden igjen,“ og hun løb bort til det lille Bord, for at maale. Jo ganske rigtig, hun var bare to Fod høi og holdt paa at voxe nedover. Hun fandt at det var Viften, hun

32

holdt i Haanden, der var Aarsag heri, og fik netop kastet den fra sig i rette Tid, før hun var aldeles forsvunden.

Nu løb hun tilbage til Haven igjen; men hun gled med Foden og pladsk! – der laa hun i Vandet og i salt Vand.

„Er jeg kommet ned til Kysten," tænkte hun, „saa faar jeg reise tilbage med Jernbanen."

Dog hun opdagede snart, at Vandet, hun laa i, var den Taaredam, hun havde grædt, den gang hun var 9 Fod høi.

„Der kan du se, du skulde ikke grædt saa meget," sagde hun til sig selv, „nu kan du have det saa godt at drukne i dine egne Taarer."

Her blev Elise afbrudt af en liden brun Mus, som ogsaa faldt i Vandet, og istedetfor at tale med sig selv, begynte Elise nu at konversere den lille Mus.

„Du Mus, du kan vel ikke være saa snil at sige mig, hvorledes jeg skal komme ud af denne Sø?"

Ikke før havde hun sagt det, før den var fuld af andre Dyr, en And, en Ørneunge og mange andre. Musen foreslaar, at de skal svømme iland, hvad de gjør, og der sidder de nu og passiarer, Elise iberegnet, til de blive tørre.

Elise træffer paa mange vidunderlige Ting dernede og oplever mange rare Hændelser. Saaledes besøger hun den hvide Kanin i hans Hus og finder der en Flaske med Indskriften: *Drik mig*. Hun drikker; men Følgen er, at hun bliver saa overvættes stor, at hun ikke kan komme ud af Huset igjen, men maa for at faa Plads stikke en Arm op igjennem Piben og en Fod ud igjennem Vinduet, indtil hun bliver hjulpen ved nogle Erter, som kastes ind igjennem Vinduet til hende, og som hun spiser, hvorved hun opnaar sin forrige Lidenhed og slipper ud.

Dernæst møder hun en Hundehvalp; men den er i Forhold til Elise saa stor, at hun ser at komme væk fra den snarest mulig, som vi vilde se at komme væk fra en Elefant, naar vi mødte den.

Dernæst faar hun se en Kaalorm, som sidder opi Toppen af en Sop og røger af en lang Pibe; men Elise er saa liden, at hun neppe naar op til Randen af Soppen, naar hun staar paa Tæerne. Elise søger at inlede en Samtale med Kaalormen; men den er i meget slet Humør og behandler hende temmelig uhøfligt, dog faar hun i Samtalens Løb et godt Raad af den, at hun skal tage to Stykker af Soppen, et paa hver Side af den og holde i sin venstre og høire Haand. Naar hun da bider lidt af Stykket i den venstre Haand, saa bliver hun større; men naar hun bider af det i den høire, bliver hun mindre. Derved kan hun afpasse sin Størelse, som hun synes.

Nu faldt det Elise ind, at hun vilde se at komme ind i den lille Have. Det lykkedes, hun lukkede Døren op med den lille Nøgle og gik ind. Der boede Kongen og Dronningen af Undernes Land. De kom just gaaende i høitidelig Procession med sine Hoffolk og sine Soldater. Efter at alle vare komne tilstede, befalede Dronningen, at man skulde spille Kroket.

Elise syntes aldrig, hun havde seet et saa mærkværdigt Kroketspil. Overalt var der Ujevnheder og Furer paa Pladsen. Kroketkuglerne vare levende Pindsvin og Køllerne levende Flamingoer, og Soldaterne maatte staa paa alle fire og danne Buerne. Den største Vanskelighed for Elise var at haandtere sin Flamingo. Hun var saa heldig at faa bøiet dens Krop noksaa bekvemt ind under sin Arm med Benene hængende ned; men netop som hun havde faaet Hovedet og Halsen paa den udstrakt og vilde give Pindsvinet et Slag dermed, saa bøiede den Hovedet op og saa hende i Øinene med et Udtryk af den høieste Forbauselse, saa Elise ikke kunde andet end briste i Latter. Da hun igjen havde faaet vendt dens Hoved ned og vilde begynde igjen, saa fandt hun til sin store Ærgrelse, at Pindsvinet havde rullet sig et Stykke bort og holdt paa at kravle væk. Desuden for Soldaterne, ret som det var, op og stillede sig paa et nyt Sted, saa Elise fandt, at det var et overordentlig vanskeligt Spil.

Da Spillet var forbi, oplevede Elise endnu adskillige under-
lige Sammentræf med Beboerne af denne underlige Verden.
Tilsidst kom hun i Trætte med Dronningen. Da kom hele
Hoffet og vilde kaste sig over hende; men idet samme
vaagnede hun og fortalte sin Søster alt det underlige, hun
havde drømt, og hvorav I nu have hørt lidt*).

Transkribering ved Hilde Hagerup

---

*) Da de mange Ordspil, som gjør Fortællingen dobbelt morsom paa Engelsk, ikke
   vel kunne gjengives paa Norsk, anse vi det ikke hensigtsmæssigt at meddele
   mere end disse faa Spalter.

Elise's Adventures in the Land of Wonders [1]

$\mathscr{A}$ book has been published in England with the above title, which has had great success amongst English girls and boys. We are under the belief that our young readers will not be ungrateful that we convey some of its content.

Elise is a young girl, who at the beginning of the story a hot summer's day is sitting next to an older sister on a bench.

The sister is reading, and Elise, left to entertain herself, sits wondering whether it is sufficiently fun to make a chain of flowers for it to be worth the effort to get up and pick the flowers. You see, there is such a terrible heat, and Elise begins to feel drowsy and sleepy. Her head falls down onto the grass, she sleeps, and so it is in her dream that all these strange things happen.

First a white rabbit with small, squinting eyes comes past her. Now, that in itself was not so strange, but when Elise sees it lift a pocket watch out of its vest pocket, and look to see

---

[1] This text is a translation of the text which was printed in Norwegian in *Børnenes Blad. Illustreret Ugeskrift for Ungdommen.* No. 40, Saturday, 1 October 1870.

what time it is, she does indeed find it curious and is urged to follow it.

She ran across the field after it and arrived just in time to see it escape down into a hole under a fence. Without thinking about it for a moment Elise heads after it.

In the beginning the hole was like a tunnel, but thereafter it suddenly went downwards like a well. Now I don't know whether the well was terribly deep or if she fell very slowly, but enough of that, she had plenty of time to look around while falling and to wonder what would happen next.

First she tried to look downwards, where she would end up, but it was too dark for her to see anything. Then she looked at the sides of the well and noticed that they were filled with cupboards and bookcases; here and there hung maps and sketches. She took a jar from a case that she passed. It was marked "GOOSEBERRY JAM", but to her great irritation it was empty. She did not toss the jar for fear that she could kill someone underneath, but put it in a cupboard she later passed.

"Now," thought Elise, "after a fall like this it must be like nothing to fall down the stairs at home. After this they will think I am very brave at home. I don't think I would object in the slightest if I also fell down from the roof of the building." (Not so unreasonable.)

Down and down and ever deeper it went. Would the fall never end?

"I wonder how many miles I have now fallen," she said aloud. "I must have come to the middle of earth soon. Let me see, that would be close to six hundred miles." (You under-stand that she had learnt one or two things at school.) "I wonder on what Longitude and Latitude I am." She didn't really know what Longitude and Latitude meant, but she found the occasion suitable for such grand expressions.

"I wonder really, if I shall fall through the earth, how strange it will be to suddenly come out amongst people who walk with their heads down. Then I will have to ask what the name of the country is.

"Oh, you couldn't be so kind as to tell me whether this is Australia or America?" and then she tried to curtsey at the same time. (Imagine, little girls, curtseying while you are falling through the sky; how do you think that would be?) "Oh, how they would think me an unknowledgeable girl, to ask such questions. No, it is not possible to ask. I will have to see if it's not written somewhere."

Down and down and always deeper down she went. There was nothing else to do, so therefore Elise started talking to herself again.

"How Kitty will miss me tonight. I hope they remember to give her a bowl of milk. I wish I had Kitty here with me. Granted, there are no mice in the air, but then she could catch bats. But do cats eat bats, that I do wonder?" Here Elise started to get quite tired, and continued, half asleep to repeat: "Do cats eat bats? Do cats eat bats?" and sometimes: "Do bats eat cats?" Because, you see, when she couldn't answer the question it could be all the same if she said it backwards.

She felt that she was about to have a nap and had just started dreaming that she was wandering hand in hand (or hand in paw) with Kitty and very earnestly asked, "Kitty, tell me truthfully, if you have ever eaten a bat?" when she suddenly came down upon a pile of twigs and dried leaves, and the fall was over.

Elise was not the least bit hurt, and she was quickly back on her feet. She looked up, but all was dark up there. In front of her was a long corridor, and the White Rabbit was still visible, hurrying along. There was not a moment to lose. Elise got going and arrived in time to hear it say, as soon as it turned a corner: "How late it will be for me!"

She sped after it around the corner, but the Rabbit was gone. She found herself in a long, low hallway, lit up by a row of lamps that hung from the ceiling. There were a lot of doors on each side of the hallway, but they were all closed, and when Elise had walked up one side and down the other and tried them all, she went down again, upset, and wondered if she would ever get out.

Suddenly she came to a little table with three legs made of thick glass. On it was nothing but a little golden key, and Elise's first thought was that it must belong to one of the doors. But alas! either the locks were too big or the key too small; it wasn't possible to open any of them. However the second time she walked around and tried them, she came to a curtain, which she had not noticed before, and behind it was a little door, around fifteen inches tall. She tried the key in the lock, and to her great joy—it fit.

Elise opened the door and found it led to a small opening, not much bigger than a rat hole. She lay down and looked through it into the prettiest little garden anyone could imagine.

How she wanted to get out of the dark hallway and stroll around amongst the lovely flowers and splashy fountains, but she could not even get her head through the opening.

"And even if I could get the head through," thought little Elise, "it would be of little use, as the shoulders could not come along. I wish I could be folded up like a monocular. I think it would be possible, if I only knew how to begin." Elise had, you understand, seen and experienced so many strange things that she thought nothing could be impossible.

Now to stand and wait by the little door led to nothing; therefore she walked back to the table and hoped to find another key there, or maybe a book with rules of how people could fold themselves up like monoculars.

This time she found a small bottle ("which surely wasn't there before," said Elise), and around the neck of the bottle was a little note, where it was written: "DRINK ME".

It was probably sufficient that it said "Drink me", but little sensible Elise was in no rush to do just that. "No, first I want to see if it has been marked '*poison*' or not," because she had read several stories of young girls who had died or been injured because they had not followed the rules their Mama had given them, and she had heard, when a little girl drinks from a bottle marked "poison", she will get sick and die.

However, the bottle was not marked "poison". Therefore Elise dared taste its contents, and as she found it exceedingly tasty, she soon finished it.

"How strange," thought Elise, "I mean, I fold together, just like a monocular."

And so she really had. She was only ten inches tall, and her face beamed with joy as she now had to be the right size to get through the little door and into the beautiful garden.

First, however, she waited a few minutes to see if she was going to become even smaller, and she shuddered a little by the thought, "as that would in the end be the end of me," she thought, "just like a light that burns out. I would like to know how that would be."

But it turned out that she didn't get any smaller, and she decided to go into the garden, but alas! Poor Elise, when she got to the door, she found she had forgotten the key on the table. She then went back, but could no longer reach so high. She could see it clearly through the glass top of the table, and she did her best to climb one of the table legs, but it was too slippery, and when she was tired of trying it, she sat down to cry.

"Please get up, there is no use in sitting crying like this," said Elise to herself. She was normally quite strict with herself and gave herself good advice which admittedly wasn't always adhered to. Sometimes she could tell herself off, so that tears came in her eyes; yes once she had even tried to give herself a slap, because she had cheated at a game of croquet she was playing against herself, because she so fancied being two persons, this little girl.

"But now there is no use in thinking about being two people," thought little Elise. "There is hardly enough left of me to be one."

Her eyes then fell on a little glass box that stood under the table. She opened it and found a small cake with the inscription: "EAT ME". "Oh well," said Elise. "I can happily eat it, because if it makes me bigger, I can reach the key, and if it makes me smaller, I can crawl under the door, so in both instances I will get into the garden."

She ate a little bit and said worried to herself: "Which way does it go?" She lifted her hand to her head to feel which way she was growing, but was very surprised to find that she stayed as she was. Now it is the case that this normally happens, when little girls eat cake, but Elise was now so into the wonderful, that she was quite surprised when something ordinary happened.

Soon she had finished the cake. "Stranger and stranger," shouted Elise, "I now stretch out like the biggest monocular that has ever existed. Good day, foot!["] (as, when she looked down, her feet seemed to be so far away from the rest that they were almost not visible.) "Oh, my poor legs, who will now put shoes and socks on you, for I can truly not reach that far. Still I have to be good to them," she thought, "or they may not go the way I want. Let me see, I want to give them another pair of boots for Christmas. But how will I give them that? I have to send a messenger with the address 'Mr Elise's Right Foot! Mr Elise's Left Foot!'"

Just at this very moment her head bumped into the ceiling. In reality she was now over nine feet tall. Therefore she took her little key and went to the garden door, but now she could only just peek in by laying herself flat on the ground. To get in was more impossible than ever, and she started crying again.

"Shame on you," she then said to herself, "to sit and cry like that big girl that you are." (Yes, she had reasons for saying so.) "Please stop at once!" But it didn't help; she kept crying and these big tears became a real puddle of tears roughly around four inches deep.

In a little while she heard the pitter-patter of little feet, and she hurriedly dried her eyes to see what was coming

It was the White Rabbit, who had returned in the most elegant toilette with white gloves and a fan.

It came with the greatest haste and muttered to itself: "Oh, the Duchess! The Duchess! What will she say when I make her wait?"

Elise felt her situation so desperate, that she thought she had to ask someone for advice. So when the Rabbit came closer, she said with a low, fearful voice: "Oh, you couldn't be so kind as to..." But the Rabbit got so frightened that he lost his fan and gloves and ran away, as fast as he could.

Elise lifted the fan and the gloves, and as the hallway was quite hot, she fanned herself, while continuing her conversation: "Oh dear, how all goes wrong today, and yesterday all was the usual. I would like to know if any changes happened to me last night. I wonder if I was the same when I got up this morning as when I went to bed? I do feel that there may have been a small difference. But if I am not the same, who on earth can I be?"

Then she started thinking about all the children she knew who were her age, whether she could have been exchanged for one of them.

"I am not Karen, of that I am certain, because her hair is curly, and mine isn't curly at all. And I can't be Lina, as she knows nothing and I know a lot. Let me see whether I know what I usually know? Two times five is ten, two times six is eleven, two times seven is twelve. No, that's not right. Let me see about Geography: Stockholm is the capital of Copenhagen, Copenhagen is the capital of Paris, Paris is the capital of Rome. No, that's completely wrong," cried poor Elise. "I must be Lina after all. Oh no, then I will have to live on that small terrible farm and have no toys or dolls, like she. No, then I don't want to go up again. When they come and call to me that I must come up, I will first ask, who I am. Oh, if only someone would come!" she exclaimed, "it is so sad to be here on one's own."

As she said so, she noticed that she, while in thought, had pulled along one of the small rabbit-gloves.

"But how has this happened?" she thought "Then I must have become small again," and she ran across to the little table to measure. Yes, quite right, she was only two feet tall and about to grow downwards. She found that it was the fan she held in her hand that was the cause of this, and just managed to throw it away in time before she had completely disappeared.

Now she ran back to the garden, but she slipped with her foot and splash! there she was in the water, and salty water at that.

"Have I reached the coast?" she thought. "Then I shall have to go back by railroad."

Though she soon discovered that the water she lay in was the pond of tears she had cried when she was nine feet tall.

"There you go, you shouldn't cry so much," she told herself. "Now suit yourself and drown in your own tears."

Here Elise was interrupted by a little brown mouse who had also fallen into the water, and instead of talking to itself, Elise now started conversing with the little mouse.

"O Mouse, can't you be good enough to tell me, how I get out of this sea?"

Not before she had said so, the sea was full of other animals: a Duck, a baby Eagle, and many others. The Mouse suggests that they should swim to the shore, which they do, and there they sit now and converse, Elise included, until they dry off.

Elise meets a lot of wonderful things down there and has a lot of wonderful experiences. So she visits the Rabbit in his house and there finds a bottle with the inscription "DRINK ME". She drinks, but the consequence is that she becomes so extremely big that she can't get out of the house again, but must put an arm through the chimney pipe and a foot through the window to fit, until she is helped by some peas, which are thrown through the window for her, and which she eats, whereby she achieves her previous smallness, and escapes.

Thereafter she meets a puppy, but it is so big compared to Elise, that she sees it necessary to get away as soon as possible, much like we would want to get away from an elephant, when we meet it.

Thereafter she sees a Caterpillar, who is sitting on the top of a mushroom smoking a long pipe, but Elise is so small, she does not reach the rim of the mushroom, when she stands on her toes. Elise tries to start up a conversation with the Caterpillar, but it is in a very bad mood and treats her rather rudely. However during the conversation she receives a good piece of advice from it, that she should take two pieces off the mushroom, one from each side, and hold them in her left and right hand. When she then bites of the piece in her left hand, she grows bigger, but when she bites from the piece in her right hand, she grows smaller. Thus she can adjust her size as she sees fit.

Now it occurred to Elise that she would get into the little garden. She managed, opened the door with the little key, and walked in. There lived the King and Queen of the Land of

Wonders. They just came walking, in a rather formal procession with their court and their soldiers. After everyone had arrived, the queen ordered that they should play a game of croquet.

Elise thought she had never seen such an unusual game of croquet. Everywhere there were irregularities and marks on the ground. The croquet balls were live hedgehogs and the mallets live flamingoes, and the soldiers had to stand on all fours and make the hoops. The biggest difficulty for Elise was handling her flamingo. She was lucky enough to bend its body quite nicely under her arm with its legs hanging down. But just as she had got the head and neck of it stretched out and wanted to hit the hedgehog with it, it bent its head upwards and looked her in the eyes with an expression of the greatest surprise, so Elise couldn't do anything but burst out laughing. When she again had bent its head downwards and wanted to start over, she found to her great annoyance that the hedgehog had rolled itself a distance away and was about to crawl off. Also, the soldiers often stood up and found a new place to stand, so Elise found the whole game extremely difficult.

When the game finished, Elise experienced many more strange occurrences with the inhabitants of this odd world. In the end she had a fight with the Queen. Then the whole court came and wanted to attack her, but at that very moment she woke up and told her sister all about the strange things she had dreamt, of which you have now heard some.*

Translation by Hilde Hagerup

---

* As the many puns that make the story doubly fun in English are not easily translatable to Norwegian, we don't see it as useful to convey more than these few columns.

Elises Eventyr
i Undernes Land

På de folgende sider gjengir vi originaloversettelsen i faksimile. Teksten er hentet fra *Børnenes Blad*, 1. oktober 1870.

On the pages which follow we give a facsimile of the original translation taken from *Børnenes Blad*, 1 October 1870.

— 315 —

er ikke af det ringeste Værd for mig. Hvem har større Ret til en Gut end hans egen Fader? Fængselspresten vil fortælle Politiet, at jeg er bleven et ganske andet Menneske og fuldkommen skikket til at opdrage mit eget Barn. Jeg kan lære ham at synge Salmer og fremsige Bønner ligesaagodt som nogen af dem. Jeg maa sørge for lille Phils Opdragelse. — En saa pen og vakker liden Fyr, som jeg nogensinde har sat mine Øine paa! Jeg skal gjøre en Mand af ham, jeg! Hvem var det, som satte ham ind i den Skole, det gad jeg nok vide?"

„Mr. Warthington," svarede Tom med det svage Haab at indvirke paa Faderen. „Det er i Mr. Warthingtons Fabrik Mr. Pendlebury er Nattevægter."

„Warthington!" udbrød Haslam forbitret; „hvad for noget — det var ham, der for ti Aar siden fik mig kastet i Fængsel; og det var hans Svoger — Hope heder han — der satte Øvrigheden op imod mig, og havde han ikke været, var jeg maaske bleven frikjendt. Det vil maaske ærgre dem lidt, naar jeg tager Phil ud af Skolen, skjønt det nu ikke skal blive min hele Hævn. Dette har bestemt mig, Gut."

„O, Fader!" raabte Tom, idet han faldt paaknæ, „bønhør mig blot denne Gang. Bring ikke lille Phil hertil — lær ham ikke at bande, stjæle og drikke! Lad ham blive, hvor han er."

„Reis dig op, Dumrian!" sagde Haslam, „og pak dig bort. Phil er min Søn, og jeg vil have ham. Hvis ikke nogen var kommen til at synes om ham, var jeg nok bleven nødt til at sørge for ham. Der vil nok ikke blive gjort saamegen Ophævelse ved at tage ham ud af et Arbeidshus; og jeg vil have ham ud af Skolen. Han vil blive til langt mere Nytte for mig end du er, for du ser ud som en Hund, der skal hænges, som en Straffange, saa du gjerne kunde skræmme Folk."

„Hør da," sagde Tom med et bestemt Udtryk i det blege Ansigt, „saafnart du bringer Phil hertil, gaar jeg til Mr. Banner og fortæller ham alt, hvad jeg véd om dig. Jeg vil sige ham, at du er ude hele Natten, og at du slet ikke er forbedret, som du roser dig af at være. Han vil tro, hvad jeg siger, og maaske han kan faa Øvrigheden til at sige, at du ikke

er skikket til at drage Omsorg for lille Phil. Jeg har ikke Lyst til at gjøre dette, Fader; men det er vist, at saafnart jeg ser Phil her, gaar jeg lige afsted til Mr. Banner."

Der var et lumskt, ondt Udtryk i Haslams Ansigt; men han taug en Stund, og da han talte, var det paa en rolig formildende Maade. Han vilde lade Phil blive, hvor han var, endnu en Tid, sagde han; men han maatte gaa hen og se ham, Gutten maatte blive kjendt med sin Fader. Det kunde jo hænde, at han ikke var fornøiet i Skolen, og da vilde vel ikke Tom have noget imod, at han blev taget ud. For Toms indre Blik viste der sig et stille Hjem, hans Fader forbedret, og lille Phil hos dem, voxende op for hans Øine til en god og klog Mand. Men det var kun en Drøm, og med et Suk, halv sorgfuld, halv taknemmelig, sagde han Farvel til sin Fader og gik ud med et mere beroliget Sind.

Elises Eventyr i Undernes Land.

Der er i England udkommet en Bog med ovenstaaende Titel, som har gjort megen Lykke blandt engelske Piger og Gutter. Vi har den Tro, at vore unge Læsere ikke ville være os utaknemlige, for at vi meddele en Del af dens Indhold.

Elise er en liden Pige, som ved Begyndelsen af Fortællingen en hed Sommerdag sidder ved Siden af en ældre Søster paa en Bænk.

Søsteren læser, og Elise, som er overladt at more sig selv, sidder og studerer paa, om det vel er saa morsomt at gjøre en Kjæde af Lænkeblomster, at det er Umagen værdt at reise sig for at pille Blomsterne. I skjønner, det er en slig gruelig Hede, og Elise begynder at føle sig helt døsig og søvnig, hendes Hoved synker ned paa Græsset; hun sover og faar er det i Drømme, at alt dette underlige hænder hende.

Allerførst kommer en hvid Kanin med smaa plirende Øine forbi hende. Nu, det var nu i og for sig selv ikke saa rart; men da Elise ser den tage et Uhr ud af sin Vestelomme og se efter, hvad Klokken er, saa finder hun det rig-

— 316 —

tignok mærkværdigt, og faar Lyst til at følge efter den.

Hun løb over Engen efter den og kom netop tidsnok til at se den smutte ned i et Hul under et Gjærde. Uden at betænke sig et Øieblik styrter Elise efter den.

I Førstningen var Hullet lig en Tunnel; men derpaa gik det pludselig nedover ligesom en Brønd. Nu ved jeg ikke, enten Brønden var saa forskrækkelig dyb, eller hun faldt meget langsomt, nok af det, hun havde god Tid til at se sig om, medens hun faldt og til at undre sig paa, hvad dernæst skulde ske.

Først forsøgte hun at se nedad, hvor hun kom hen; men det var for mørkt til at hun kunde se nogen Ting. Dernæst saa hun paa Brøndens Sider og bemærkede, at de vare fyldte med Skabe og Boghylder; hist og her hang Karter og Skilderier. Hun tog ned en Krukke fra en Hylde, som hun passerede forbi; den var mærket Stikkelsbærsyltetøi; men til hendes store Ærgrelse var det tom. Hun stede ikke Krukken fra sig af Frygt for, at hun kunde komme til at dræbe nogen nedenunder, men satte den ind i et Skab, som hun senere kom forbi.

„Nu," tænkte Elise, „efter et sligt Fald som dette maa det være som ingenting at falde ned over Trapperne hjemme. Hvor de skal synes, at jeg er kjæk hjemme herefter! Jeg tror ikke, jeg vilde sige et Gran, om jeg ogsaa faldt ned fra Taget paa Bygningen (ikke saa urimeligt.)

Ned og ned og bestandig dybere ned gik det. Vilde da Faldet aldrig tage nogen Ende?

„Jeg undres paa, hvormange Mile, jeg nu er falden," sagde hun høit, „jeg maa være kommen saa omtrent midt ind i Jorden snart. Lad mig se, det vilde være næsten 600 Mile. (I se, at hun havde lært et og andet i Skolen), jeg undres, paa hvilken Længde og Brede jeg er. Nu vidste hun ikke saa aldeles nøie Besked paa, hvad Længde og Brede var; men hun fandt Anledningen passende til at bruge slige storartede Udtryk.

Jeg undres rigtig, om jeg skal falde helt igjennem Jorden, hvor det skal blive pudsigt at komme ud blandt Folk, som gaar med Hovederne nedad. Saa maa jeg spørge mig fore, hvad Landet hedder:

„Aa, de kunde vel ikke være saa snild og sige mig, om dette er Australien eller Amerika?" og saa forsøgte hun at neie pent med det samme. (Tænk eder Smaapiger at neie, medens I holde paa at falde ned igjennem Luften, hvordan tror I, det vilde gaa?) „Aa du, hvor de vil synes, jeg er en uvidende Pige, som spørger slig. Nei det gaar ikke an at spørge, jeg faar se, om det ikke skulde staa skrevet nogetsteds."

Ned og ned og bestandig dybere ned gik det. Der var ikke noget andet at gjøre, derfor begyndte Elise at prate med sig selv igjen.

„Hvor Pus vil savne mig iaften, jeg haaber de huske paa at give den sin Skaal med Melk. Jeg skulde ønske, jeg havde Pus her hos mig. Der er rigtignok ingen Mus i Luften; men saa kunde den fange Flaggermus. Men spiser Kattepuser Flaggermus, det undres jeg rigtig paa? Her begyndte Elise at blive temmelig søvnig og vedblev halvt i søvne at gjentage: Spiser Kattepuser Flaggermus? spiser Kattepuser Flaggermus? og sommetider: spiser Flaggermuser Kattepus? For, ser I, naar hun ikke kunde besvare Spørgsmaalet, saa kunde det jo ogsaa være det samme, om hun sagde det bagvendt.

Hun følte, at hun holdt paa at faa sig en Lur og havde netop begyndt at drømme, at hun gik og spadserede Haand i Haand (eller Haand i Lab) med Pus og meget alvorligt spurgte: „Pus sig mig sandt, om du nogensinde har spist en Flaggermus?" Da hun pludselig kom ned paa en Hob Kviste og tørre Blade, og Faldet var forbi.

Elise var ikke kommen det mindste tilskade, og hun var paa Benene igjen i en Fart. Hun saa opad; men der var alt mørkt; foran hende var der en lang Gang, og den hvide Kanin var endnu synlig, idet den skyndte sig afsted. Der var intet Øieblik at tabe, Elise lagde ivei og kom tidsnok til at høre den sige, med det samme den dreiede om et Hjørne: „Hvor sent det blir for mig!"

Hun var hurtigt efter den om Hjørnet; men Kaninen var borte. Hun befandt sig i en lang, lav Gang, som oplystes ved en Række Lamper, der hang ned fra Taget. Der var en hel Del Døre paa hver Side af Gangen; men de vare stængte allesammen, og da Elise havde gaaet den ene Side op og den anden ned og forsøgt dem alle, gik hun bedrøvet ned over igjen og undrede sig paa, om hun nogensinde skulde komme ud igjen.

Pludselig kom hun til et lidet Bord paa tre Ben af tykt Glas. Paa det laa ingenting uden en liden Nøgel af Guld, og Elises første Tanke var, at den maatte høre til en af Dørene. Men ak! enten vare Laasene for store eller Nøglen for liden, det var ikke muligt at faa den til at lukke op nogen af dem. Dog da hun for anden Gang gik omkring og prøvede den, kom hun til et lidet Gardin, som hun ikke havde lagt Mærke til før, og bag det var en liden Dør, omtrent femten Tommer høi. Hun prøvede Nøglen i Laasen, og til hendes store Glæde — den passede.

Elise aabnede Døren og fandt, at den førte til en liden Aabning, ikke stort større end et Rottehul. Hun lagde sig da ned og saa igjennem den ind i den nydeligste lille Have, nogen kunde tænke sig.

Hvor hun havde Lyst til at komme ud af den mørke Gang og spadsere omkring blandt de deilige Blomster og pladskende Vandspring; men hun kunde ikke engang faa sit Hoved igjennem Aabningen.

„Og selv om jeg kunde faa Hovedet igjennem," tænkte lille Elise, „saa vilde det være til liden Nytte, naar ikke Skuldrene kunde komme med. Jeg skulde ønske, jeg kunde skydes sammen som en Kikkert, jeg tænker nok, det lod sig gjøre, naar jeg bare vidste, hvordan jeg skulde begynde. Elise havde, forstaar I, nu seet og oplevet saameget rart, at hun ikke syntes, nogenting kunde være umuligt.

Nu at staa og vente ved den lille Dør førte ikke til noget, derfor gik hun tilbage til Bordet, halvt haabende at finde en anden Nøgel der eller kanske en Bog med Regler for, hvorledes Folk kunne skydes sammen ligesom Kikkerter.

Denne Gang fandt hun en liden Flaske („som sandelig ikke stod der før," sagde Elise) og rundt om Flaskens Hals en liden Seddel, hvorpaa stod skrevet: Drik mig.

Det var vel nok, at der stod „drik mig," men den lille fornuftige Elise skyndte sig netop ikke med at gjøre det. „Nei først vil jeg se efter, om den er mærket „Gift" eller ikke," for

hun havde læst mange Fortællinger om Smaapiger, som vare døde eller komne tilstade, fordi de ikke havde fulgt de Regler, som deres Mama havde givet dem, og hun havde hørt, at naar en liden Pige drikker af en Flaske, som er mærket „Gift", saa bliver hun syg og dør.

Dog denne Flaske var ikke mærket „Gift", derfor vovede Elise at smage paa Indholdet, og da hun fandt det overmaade godt, var hun snart færdig med det.

„Hvor rart det er," sagde Elise, „jeg mener, jeg skydes sammen ligesom en Kikkert."

Og saaledes var det i Virkeligheden. Hun var blot 10 Tommer høi, og hendes Ansigt straalede af Glæde over, at hun nu maatte være passe til at slippe gjennem den lille Dør ind i den nydelige lille Have.

Først ventede hun imidlertid nogle Minutter for at se, om hun kanske blev endnu mindre, og hun gøs lidt ved den Tanke, „for da blev det jo tilsidst aldeles forbi med mig," tænkte hun, „akurat som et Lys, der brænder ud; jeg gad vide, hvordan det da skulde gaa?"

Men det viste sig, at hun ikke blev mindre, og hun besluttede da at gaa ind i Haven; men ak! stakkars Elise, da hun kom til Døren, fandt hun, at hun havde glemt den lille Nøgel paa Bordet. Hun gik da tilbage, men kunde ikke længer naa den. Hun kunde saa tydelig se den gjennem Bordets Glasskive, og hun gjorde sit bedste for at klatre op over en af Bordbenene; men det var for glat, og da hun var træt af at prøve paa det, satte hun sig til at græde.

„Vær saa god at reis dig op, det nytter ikke til noget at sidde saadan og skrige," sagde Elise til sig selv. Hun pleiede nemlig at være meget streng med sig selv og give sig selv gode Raad, der rigtignok ikke altid bleve fulgte. Sommetider kunde hun skjænde paa sig selv, saa at Taarerne kom hende i Øinene; ja engang havde hun endog forsøgt at give sig en Ørefigen, fordi hun havde snydt i et Spil Kroket, som hun spillede med sig selv, for hun havde en saadan gruelig Lyst til at være to Personer denne lille Pige.

„Men nu nytter det ikke at tænke paa at være to Personer," tænkte lille Elise, „det er knapt, at der er nok tilbage af mig til at være en."

Da faldt hendes Øie paa en liden Glas-æste, som stod under Bordet. Hun aabnede den og fandt en ganske liden Kage med den Indskrift: Spis mig. „Nu vel", sagde Elise, „jeg kan gjerne spise den, for om den gjør mig større, saa kan jeg række Nøglen, og om den gjør mig mindre, saa kan jeg krybe under Døren, saa i begge Tilfælde kommer jeg ind i Haven."

Hun spiste en liden Bid og sagde ængstelig til sig selv: „Hvilken Vei gaar det?" hun tog med Haanden op til sit Hoved for at kjende efter, hvilken Vei hun voxede; men blev høist forbauset over at finde, at hun blev, som hun var. Nu er det vistnok saa, at dette i Regelen er Tilfældet, naar Smaapiger spiser Kage; men Elise var nu saa inde i det vidunderlige, at hun blev ganske overrasket, naar der skeede noget almindeligt.

Snart havde hun spist Kagen op. „Pudsigere og pudsigere", raabte Elise, „nu strækker jeg mig ud som den største Kikkert, der nogensinde har været til. „Goddag Fod"! (thi naar hun saa ned, saa syntes hendes Fødder at være saa langt borte, at de næsten vare ude af Syne). „Aa mine stakkars Ben, hvem skal nu have paa eder Sko og Strømper, for jeg kan sandelig ikke naa saa langt. Dog jeg faar være snil mod dem," tænkte hun, „ellers kanske ve ikke ville gaa den Vei, jeg vil. Lad mig se, jeg vil give dem et Par Støvler til Jul. Men hvorledes skal jeg faa givet dem dem; jeg faar sende Bud med Addresse: Hr. Elises høire Fod! Hr. Elises venstre Fod!"

Netop i dette Øieblik stødte hendes Hoved mod Taget. I Virkeligheden var hun nu over 9 Fod høi; derfor tog hun den lille Nøgel og gik til Havedøren; men nu var det ikke mere end saa, at hun kunde ligge ind ved at lægge sig flad ned. At slippe ind var mere umuligt end nogensinde, og hun gav sig til at græde igjen.

„Du burde skamme dig," sagde hun da til sig selv, „at sidde og skrige saaledes en saadan stor Pige, som du er (ja det havde hun da Grund til at sige). Værsaagod at holde op paa Øieblikket!" Men det hjalp ikke, hun vedblev at græde og slige svære Taarer, at der

blev en ordentlig liden Taaredam om hende 4 Tommer dyb omtrent.

Om en liden Stund hørte hun Trippen af smaa Fødder, og hun tørrede hastig sine Øine for at se, hvad det var, som kom.

Det var den hvide Kanin, som vendte tilbage i det eleganteste Toilette med hvide Handsker og en Vifte i Haanden.

Den kom i største Hast mumlende ved sig selv: „Aa Hertuginden! Hertuginden! hvad siger hun, naar jeg lader hende vente?"

Elise følte sin Stilling saa fortvivlet, at hun syntes, hun maatte spørge om Raad hos nogen. Da derfor Kaninen kom nærmere, sagde hun med lav, frygtsom Stemme: „Aa de kunde vel ikke være saa snil at — "; men Kaninen blev saa ræd, at den tabte Vifte og Handsker og løb sin Vei, saa fort den kunde.

Elise tog op Viften og Handskerne, og da det var temmelig varmt i Gangen, viftede hun sig, medens hun fortsatte sin Passiar: „Uf, hvor alt gaar galt idag, og igaar gik alt som sædvanlig. Jeg gad vide, om der er skeet nogen Forandring med mig inat. Mon jeg var den samme, da jeg stod op idag, som da jeg lagde mig? jeg synes nok, der kanske var en liden Forskjel. Men dersom jeg ikke er den samme, hvem i al Verden kan jeg da være?"

Saa begyndte hun at tænke over alle de Børn, som hun kjendte, og som var paa samme Alder som hun, om hun kanske skulde være forvandlet til en af dem.

„Karen er jeg nu ikke, det er jeg vis paa, for hendes Haar er krøllet, og mit er ikke det mindste krøllet. Og Lina kan jeg slet ikke være, for hun kan ingenting, og jeg kan saa meget. Lad mig se, om jeg ved alt det, som jeg pleier at vide? 2 Gange 5 er 10, 2 Gange 6 er 11, 2 Gange 7 er 12. Nei det blir ikke rigtig. Lad mig se i Geografi: Stokholm er Hovedstaden i Kjøbenhavn, Kjøbenhavn er Hovedstaden i Paris, Paris er Hovedstaden i Rom. Nei det bliver rent galt, sagde den stakkars Elise grædende. Jeg maa nok være Lina alligevel. Uf saa skal jeg bo i den lille elendige Gaard og ikke have nogen Leger eller Dukker, saaledes som hun. Nei da vil jeg ikke op igjen. Naar de kommer og raaber til mig, at jeg skal komme op, saa vil jeg først spørge, hvem jeg er. „Aa gid der vilde komme nogen!" udbrød hun, „det er saa ondt at være her alene."

Som hun sagde det, saa lagde hun Mærke til, at hun i Tanker havde trukket paa den ene af de smaa Kaninhandsker.

„Men hvorledes kan det gaa til," tænkte hun, „da maa jeg jo være bleven liden igjen," og hun løb bort til det lille Bord, for at maale. Jo ganske rigtig, hun var bare to Fod høi og holdt paa at voxe nedover. Hun fandt at det var Viften, hun holdt i Haanden, der var Aarsag heri, og fik netop kastet den fra sig i rette Tid, før hun var aldeles forsvunden.

Nu løb hun tilbage til Haven igjen; men hun gled med Foden og pladst! — der laa hun i Vandet og i salt Vand.

„Er jeg kommet ned til Kysten," tænkte hun, „saa faar jeg reise tilbage med Jernbanen."

Dog hun opdagede snart, at Vandet, hun laa i, var den Taaredam, hun havde grædt, dengang hun var 9 Fod høi.

„Der kan du se, du skulde ikke grædt saa meget," sagde hun til sig selv, „nu kan du have det saa godt at drukne i dine egne Taarer."

Her blev Elise afbrudt af en liden brun Mus, som ogsaa faldt i Vandet, og istedetfor at tale med sig selv, begyndte Elise nu at konversere den lille Mus.

„Du Mus, du kan vel ikke være saa snil at sige mig, hvorledes jeg skal komme ud af denne Sø?"

Ikke før havde hun sagt det, før der var fuld af andre Dyr, en And, en Ørneunge og mange andre. Musen foreslaar, at de skal svømme iland, hvad de gjør, og der sidder de nu og passiarer, Elise iberegnet, til de blive tørre.

Elise træffer paa mange vidunderlige Ting dernede og oplever mange rare Hændelser. Saaledes besøger hun den hvide Kanin i hans Hus og finder der en Flaske med Indskriften: Drik mig. Hun drikker; men Følgen er, at hun bliver saa overvættes stor, at hun ikke kan komme ud af Huset igjen, men maa for at faa Plads stikke en Arm op igjennem Piben og en Fod ud igjennem Vinduet, indtil hun bliver hjulpen ved nogle Erter, som kastes ind igjennem Vinduet til hende, og som hun spiser, hvorved hun opnaar sin forrige Lidenhed og slipper ud.

Dernæst møder hun en Hundehvalp; men den er i Forhold til Elise saa stor, at hun ser at komme væk fra den snarest muligt, som vi vilde se at komme væk fra en Elefant, naar vi mødte den.

Dernæst faar hun se en Kaalorm, som sidder opi Toppen af en Sop og røger af en lang Pibe; men Elise er saa liden, at hun neppe naar op til Randen af Soppen, naar hun staar paa Tæerne. Elise søger at indlede en Samtale med Kaalormen; men den er i meget slet Humør og behandler hende temmelig uhøfligt, dog faar hun i Samtalens Løb et godt Raad af den, at hun skal tage to Stykker af Soppen, et paa hver Side af den og holde i sin venstre og høire Haand. Naar hun da bider lidt af Stykket i den venstre Haand, saa bliver hun større; men naar hun bider af det i den høire, bliver hun mindre. Derved kan hun afpasse sin Størelse, som hun synes.

Nu faldt det Elise ind, at hun vilde se at komme ind i den lille Have. Det lykkedes, hun lukkede Døren op med den lille Nøgle og gik ind. Der boede Kongen og Dronningen af Undernes Land. De kom just gaaende i høitidelig Procession med sine Hoffolk og sine Soldater. Efter at alle vare komne tilstede, befalede Dronningen, at man skulde spille Kroket.

Elise syntes aldrig, hun havde seet et saa mærkværdigt Kroketspil. Overalt var der Ujevnheder og Furer paa Pladsen. Kroketkuglerne vare levende Pindsvin og Køllerne levende Flamingoer, og Soldaterne maatte staa paa alle fire og danne Buerne. Den største Vanskelighed for Elise var at haandtere sin Flamingo. Hun var saa heldig at faa bøiet dens Krop nokfaa bekvemt ind under sin Arm med Benene hængende ned; men netop som hun havde faaet Hovedet og Halsen paa den udstrakt og vilde give Pindsvinet et Slag dermed, saa bøiede den Hovedet op og saa hende i Øinene med et Udtryk af den høieste Forbauselse, saa Elise ikke kunde andet end briste i Latter. Da hun igjen havde faaet vendt dens Hoved ned og vilde begynde igjen, saa fandt hun til sin store Ærgrelse, at Pindsvinet havde rullet sig et Stykke bort og holdt paa at travle væk. Desuden for Soldaterne, ret som det var, op og stillede sig paa

— 320 —

et nyt Sted, saa Elise fandt, at det var et overordentlig vanskeligt Spil.

Da Spillet var forbi, oplevede Elise endnu adskillige underlige Sammentræf med Beboerne af denne underlige Verden. Tilsidst kom hun i Trætte med Dronningen. Da kom hele Hoffet og vilde kaste sig over hende; men idet samme vaagnede hun og fortalte sin Søster alt det underlige, hun havde drømt, og hvoraf I nu have hørt lidt*).

*) Da de mange Ordspil, som gjør Fortællingen dobbelt morsom paa Engelsk, ikke vel kunne gjengives paa Norsk, anse vi det ikke hensigtsmæssigt at meddele mere end disse faa Spalter.

Lidt af hvert.

Russisk Bondedumhed. En russisk Bonde blev sendt bort til en Butik for at gjøre Indkjøb. Han fik med sig to Sexstillinger, en til Brød og en til Smør. Bonden løb afsted, men blev pludselig i Døren til Butikken staaende og tilsyneladende høist fortvivlet betragte de to Pengestykker. „Aa du! hvad skal jeg gjøre," raabte han, „nu har jeg blandet Sexstillingerne om hverandre og ved ikke, hvilken jeg skulde have til Brød og hvilken til Smør." Heldigvis kom en klogere og fortalte ham, at Kjøbmanden nok skjønte det selv, naar han blot leverede begge.

Blandt Jøderne hersker mangesteds den Skik, at naar en bor i et Hus, saa slaar man alt Band, som findes i Huset, ud, fordi Dødsengelen efter deres Overtro har vadsket sit Sværd i det.

Gaader.

Logogrif.

At 3, 1, 2, 7 er bedre 12, 16, 8 at 14, 7, 5, 12. Du skal 3, 10, 8, 7 9, 15, 2, 7 at gjøre noget ondt. Fuglene lave 11, 12, 8, 7, 13 i 19, 13, 15, 12, 11, 16,

7. 11, 10, 9 findes ved 6, 10, 9, 12, 19. 3, 1, 8, 12, 18 faa 9, 4 af Huder. Det hele er et Ordsprog paa 19 Bogstaver.

l. a. s.

Rebus.

Kvadratgaade.

4 Ord paa 4 Bogstaver.
1. Et Husdyr.
2. } Bibelske Navne.
3. }
4. En russisk By.

Sevrin Dahl.

Opløsninger.

Geografisk Gaade i No. 34.

Appensell — Nauma — Ekersund — Nilen — Dundee — Algier — Landskrona — altsaa: Arendal.

Rebus i No. 34.

Drammen udfører Trælast.

Opgave i No. 34.

Tvedestrand — Grimstad.

Opløste af: Emanuel og Carl, En opslaaet Paraply, Erikka, En Rosinspiser i Hovedstaden, Louise Sand, Fru Katarina, Martsviolen, Annie & Edvardy, Regnhatten sin Unge, Blækhuset, Anton H., Johan Brun, Inga Johnsen, Martin M. Dæhlen, L. Dæhlen, Duen.

Indhold.

„Børnenes Blad" koster 2 ₰ og forsendt med Posten 2 ₰ 8 β Halvaaret, alt forstudsvis. Bladet kan bestilles ved ethvert Postkontor og Postaabneri, i enhver Boglade samt i Kristiania tillige i Expeditionen, Brogaden No. 3 b.

Kristiania. Trykt hos G. J. Jensen

Norwegian Bokmål bibliography [1]

*T*he following bibliography describes the extant translations of *Alice* and *Looking-Glass* into Norwegian Bokmål (though some of the earliest editions could also be described as being in Dano-Norwegian). The year and title are given first, followed by the city of publication, the publisher, and the ISBN where available. Following this is a short (and non-exhaustive) indication of libraries holding the book, the name of the translator and of the illustrator, and some notes about the edition.

The abbreviations used for the holdings are as follows:

BL	British Library, London
JL	Jon A. Lindseth collection
NB	Nasjonalbiblioteket, National Library of Norway, Oslo
NBIC	Norsk barnebokinstitutt, Norwegian Institute for Children's Books, Oslo
OPL	Oslo Public Library
UTA	University of Texas at Austin
VA	Victoria and Albert Museum, London

---

1 An earlier version of this bibliography appeared in *Alice in a World of Wonderlands*, edited by Jon A. Lindseth and Alan Tannenbaum (New Castle: Oak Knoll Press, 2015).

TRANSLATIONS OF
ALICE'S ADVENTURES
IN WONDERLAND

1870   *Elises Eventyr i Undernes Land* [Elise's Adventures in the Land of Wonders].
Kristiania: Th. Friis Jansens Forlag.
HOLDINGS: NB, NBIC, OPL.
TRANS: Anonymous. [Believed to be E. A. Hagerup, joint pseudonym of the sisters Emma Hagerup (1812–1885) and Charlotte Augusta Hagerup (1814–1898).]. ILLUS: Unillustrated.
Retold in 6 pp. The translators write in a footnote at the end: "Because of the many puns, making the story double fun in English, and additionally impossible to translate into Norwegian, we think it would not be worthwhile to retell more than these few columns." From the magazine *Børnenes Blad. Illustreret Ugeskrift for Ungdommen.* (Children's Journal. Illustrated Weekly Magazine for Young People.) No. 40, Saturday, October 1, 1870, Volume 10. Pp 315-320.

1903   *Else i Eventyrland* [Else in Adventureland].
        Kristiania: Olaf Norlis Forlag.
        HOLDINGS: BL, JL, NB, NBIC, UTA.
        TRANS: Margrethe Horn. ILLUS: John Tenniel.
        1st complete Norwegian edition. 163 pp.

1946   *Else i Eventyrland* [Else in Adventureland].
        Bergen: Eide.
        HOLDINGS: NB, NBIC, UTA, VA.
        TRANS: Zinken Hopp. ILLUS: John Tenniel.
        2nd complete Norwegian translation. 176 pp.

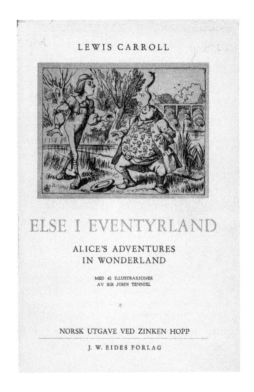

1951   *Alice i Eventyrland* [Alice in Adventureland].
        Oslo: Mittet.
        HOLDINGS: NB, NBIC.
        TRANS: Anonymous. ILLUS: Walt Disney Co.
        By Walt Disney. Text by Torben Gregersen.
        Picture book for small children. 36 pp.

[1953]   *Alice i Drømmeland* [Alice in Dreamland].
Oslo: Tiden.
HOLDINGS: NB, NBIC.
TRANS: Alf Prøysen. ILLUS: Walt Disney Co.
By Walt Disney. Series Tidens Gullbøker, no 16.
Picture book for small children. 28 pp. Translated
from the series A Little Golden Book. Original title:
Alice in Wonderland Meets the White Rabbit.

[1954]   *Alice i Blomsterland* [Alice in Flower Land].
Oslo: Tiden.
HOLDINGS: NB, NBIC, UTA.
TRANS: Alf Prøysen. ILLUS: Walt Disney Co.
By Walt Disney. Series Tidens Gullbøker, no 35.
Picture book for small children. 28 pp. Translated
from the series A Little Golden Book. Original title:
Alice in Wonderland Finds the Garden of Live
Flowers.

1955   *Else i Eventyrland* [Else in Adventureland].
Oslo: Illustrerte Klassikere.
HOLDINGS: none.
TRANS: Zinken Hopp. ILLUS: Alex A. Blum.
By "Lewis Carrol." Series Illustrerte Klassikere,
no 6. A comic. Translated from the series Classics
Illustrated, published in USA as No. 49, 1948.

1965   *Et underlig teselskap* [A Strange Tea Party].
       Oslo: Gyldendal.
       HOLDINGS: NB, NBIC.
       TRANS: Zinken Hopp. ILLUS: Arthur Rackham &
       John Tenniel.
       From the series Barndomslandet (The Land of the
       Childhood). Volume title Gjennom Regnbuens Port
       (Through the Gates of the Rainbow). 6 pp. Edited
       by Jo Tenfjord, Norway; Aili Palmén, Finland;
       Anine Rud, Denmark; Eva von Zweigbergk,
       Sweden. Translation revised by Jo Tenfjord.

1969   *Alice i Eventyrland møter den hvite kaninen* [Alice in
       Adventureland Meets the White Rabbit].
       Oslo: Hjemmet.
       HOLDINGS: NB, NBIC.
       TRANS: Axel S. Heiberg & Alice Staib. ILLUS: Al
       Dempster.
       Disney edition. By Jane Werner Watson, after
       Lewis Carroll's story. From the series Disneyland.
       Fra Walt Disneys Vidunderlige Verden (Disney-
       land. From Walt Disney's Wonderful World). The
       volume Fra Mange Land og Riker (Stories from
       Other Lands). 4 pp. New editions in 1975 and
       1976; see below.

1975   *Alice i Eventyrland møter den hvite kaninen* [Alice in
       Adventureland Meets the White Rabbit].
       Oslo: Hjemmet.
       HOLDINGS: NB, NBIC.
       TRANS: Axel S. Heiberg & Alice Staib. ILLUS: Al
       Dempster.
       Disney edition. By Jane Werner Watson, after
       Lewis Carroll's story. Reprint of the 1969 edition.

1976   *Alice i Eventyrland møter den hvite kaninen* [Alice in
        Adventureland Meets the White Rabbit].
        Oslo: Hjemmet.
        HOLDINGS: NB, NBIC.
        TRANS: Axel S. Heiberg & Alice Staib. ILLUS: Al
        Dempster.
        Disney edition. By Jane Werner Watson, after Lewis
        Carroll's story. Reprint of the 1969 edition.

1977   *Alice i Eventyrland* [Alice in Adventureland].
        Stavanger: Stabenfeldt.
        HOLDINGS: NBIC.
        TRANS: Helge Hagerup. ILLUS: Gordon King.
        Retold by Jane Carruth. Series De Unges bibliotek
        (Library for the Young Ones). Illustrated version,
        60 pp.

1979   *Alice i Eventyrland* [Alice in Adventureland].
        Oslo: Aschehoug. ISBN 82-03-09992-0.
        HOLDINGS: NB, NBIC, UTA.
        TRANS: Zinken Hopp. ILLUS: John Tenniel.
        2nd, revised edition of the 1946 translation. Series
        Berømte bøker (Famous Books).

1980   *Alice i Eventyrland* [Alice in Adventureland].
        Oslo: Hjemmets bokforlag.
        HOLDINGS: NB, NBIC.
        TRANS: Øystein Svarød. ILLUS: Walt Disney Co.
        By Walt Disney. After the movie Alice in Wonder-
        land based on the stories Alice's Adventures in
        Wonderland and Through the Looking-Glass by
        Lewis Carroll. 18 pp. From Walt Disney's Even-
        tyrverden (Walt Disney's Treasure of Children's
        Classics). New edition in 1982, see below.

1982   *Alice i Eventyrland* [Alice in Adventureland].
        Oslo: Hjemmets bokforlag.
        HOLDINGS: NB, NBIC.
        TRANS: Øystein Svarød. ILLUS: Walt Disney Co.
        By Walt Disney. After the movie Alice in
        Wonderland based on the stories Alice's
        Adventures in Wonderland and Through the
        Looking-Glass by Lewis Carroll. Reprint of the
        1980 edition.

1985   *Alice i eventyrland* [Alice in Adventureland].
        Oslo: Hjemmet. ISBN 82-590-0117-9.
        HOLDINGS: NBIC.
        TRANS: Svein Erik Søland. ILLUS: Walt Disney Co.
        By Walt Disney. Series Donald Duck's bokklubb
        7+ (Donald Duck's Book Club 7+).

1985   *Alice i Eventyrland* [Alice in Adventureland].
        Oslo: Skandinavisk Presse. ISBN 82-7232-011-8.
        HOLDINGS: NB, NBIC.
        TRANS: Ellen Bjølseth. ILLUS: Einar Lagerwall.
        Picture book version. 30 pp. Series Bokklubben
        Barnas Bokpakke (The Book Club Children's Book
        Package).

1990   *Alice i Eventyrland* [Alice in Adventureland].
        Oslo: Cappelen. ISBN 82-02-12084-5.
        Oslo: Bokklubbens barn, ISBN 82-525-1588-6.
        HOLDINGS: NB, NBIC.
        TRANS: Annie Riis. ILLUS: Anthony Browne.
        3rd complete Norwegian edition. Joint edition by
        the publishing house Cappelen and The Norwegian
        Book Club for Children.

1999   *Alice i Eventyrland* [Alice in Adventureland].
        Oslo: Aschehoug. ISBN 82-03-24282-0.
        HOLDINGS: NB.
        TRANS: Zinken Hopp. ILLUS: John Tenniel.
        Reprint of the 1979 edition. Series God bok (Good
        Book).

1999   *Alice i Eventyrland* [Alice in Adventureland].
        Oslo: Egmont Hjemmets bokforlag. ISBN 82-590-2127-7.
        HOLDINGS: NB, NBIC.
        TRANS: Kari Engen. ILLUS: Walt Disney Co.
        By Walt Disney. Picture book version. 44 pp.
        Series Donald Duck's Bokklubb (Donald Duck's Book Club).

2002   *Alice i Eventyrland* [Alice in Adventureland].
        Oslo: Aschehoug. ISBN 82-03-24446-7.
        HOLDINGS: NB, NBIC.
        TRANS: Zinken Hopp. ILLUS: John Tenniel.
        Reprint of the 1979 edition. Series God Bok (Good Book).

2003   *Alice i Eventyrland* [Alice in Adventureland].
        Oslo: Omnipax. ISBN 82-530-2581-5
        Oslo: Bokklubbens barn. ISBN 82-525-4753-2.
        HOLDINGS: NB, NBIC.
        TRANS: Arne Ruste. ILLUS: Helen Oxenbury.
        4th complete Norwegian translation. Joint edition
        by the publishing house Omnipax and The
        Norwegian Book Club for Children.

2006   *Alice i Eventyrland* [Alice in Adventureland].
        Oslo: Aschehoug. ISBN 82-03-24791-1.
        HOLDINGS: NB, NBIC.
        TRANS: Zinken Hopp. ILLUS: John Tenniel.
        Reprint of the 1979 edition. Series Berømte Bøker
        (Famous Books).

2006   *Alice i Eventyrland* [Alice in Adventureland].
        Oslo: Filiokus forlag. ISBN 82-997103-1-6.
        HOLDINGS: NB.
        TRANS: Marte Lindstad Næss. ILLUS: Robert
        Sabuda.
        A Sabuda pop-up book.

2006   *Else i Eventyrland* [Else in Adventureland].
        Oslo: Egmont.
        HOLDINGS: NB, NBIC.
        TRANS: Zinken Hopp. ILLUS: Alex A. Blum.
        Reprint from 1955. An anthology of old comic
        magazines (4 traditional stories printed in one
        volume). By "Lewis Carrol." Series Illustrerte
        Klassikere, no 6. A comic. Translated from the
        series Classics Illustrated, published in USA as no.
        49, 1948.

2007   *Alice i Eventyrland* [Alice in Adventureland].
        Oslo: De norske Bokklubbene. ISBN 978-82-525-
        6547-8.
        HOLDINGS: NB, NBIC.
        TRANS: Arne Ruste. ILLUS: Helen Oxenbury.
        Reprint of the 2003 edition. Series Bokklubbens
        Barnebibliotek (The Book Club's Children's
        Library).

2009   *Alice i Eventyrland* [Alice in Adventureland].
        Oslo: Aschehoug. ISBN 978-82-03-25079-8.
        HOLDINGS: NB, NBIC.
        TRANS: Zinken Hopp. ILLUS: John Tenniel.
        Reprint of the 1979 edition. Series Berømte bøker
        (Famous Books).

2010   *Alice i Eventyrland* [Alice in Adventureland].
        Oslo: Aschehoug. ISBN 978-82-03-25213-6.
        HOLDINGS: NB, NBIC.
        TRANS: Zinken Hopp. ILLUS: John Tenniel.
        Reprint of the 1979 edition.

2011   *Alice i Eventyrland* [Alice in Adventureland].
        Stavanger: Goboken. ISBN 978-82-305-1324-8.
        HOLDINGS: NB, NBIC.
        TRANS: Elna Greig. ILLUS: Walt Disney Co.
        By Walt Disney. Series Disney-klassiker anno
        1951 (Disney-classic anno 1951)

2014   *Alice i Eventyrland* [Alice in Adventureland].
Oslo: Aschehoug. ISBN 978-82-03-25591-5.
HOLDINGS: NB.
TRANS: Zinken Hopp. ILLUS: Tove Jansson.
The text is a reprint of the 1979 edition. The
illustrations are made by the Finnish writer and
illustrator Tove Jansson, originally published in
Sweden in 1966.

2015   *Alice i Eventyrland* [Alice in Adventureland].
Oslo: Litor. ISBN 978-82-4295-295-0.
HOLDINGS: NB.
TRANS: Anonymous. ILLUS: Walt Disney Co.
By Walt Disney. Series Våre beste klassikere (Our
Best Classics)

n.d.   *Alice i Eventyrland og Gjennom speilet* [Alice in
Adventureland and Through the Mirror].
N.p.: Stella bokforlag.
HOLDINGS: NBIC, NLS.
TRANS: Eva Støre. ILLUS: Unillustrated.
1st combined edition with *Through the Looking-
Glass*. Series Verdenslitteraturens største mester-
verker, 10 (World Literature's Greatest Master-
pieces). Some of the sentences are in English, with
phonetic transcription and the Norwegian trans-
lation of this sentence as notes at the end of the
page. Copyright Exchange Corporation Genève-
Paris.

n.d.　*Alice i Eventyrland* [Alice in Adventureland].
Oslo: Damm.
HOLDINGS: NBIC.
TRANS: Unknown. ILLUS: Jose Luis Macias S.
Printed together with Gåsepiken (The Goose Girl).
A picture book. 15 pp.

TRANSLATIONS OF
THROUGH THE LOOKING-GLASS

1951　*Gjennom speilet* [Through the Mirror].
Bergen: Eide.
HOLDINGS: NB, NBIC.
TRANS: Zinken Hopp. ILLUS: John Tenniel.
1st Norwegian edition.

1962　*Gjennom speilet* [Through the Mirror].
Oslo: Illustrerte klassikere.
HOLDINGS: none.
TRANS: Zinken Hopp. ILLUS: Jennifer Robertson.
Series Illustrerte klassikere, no 135. A comic.
Translated from the series Classics Illustrated,
published in Great Britain as no. 147 in 1962.

1985　*Gjennom speilet* [Through the Mirror].
Bergen: Eide. ISBN 82-514-0169-0.
HOLDINGS: NB, NBIC.
TRANS: Zinken Hopp. ILLUS: John Tenniel.
Reprint of the 1951 edition.

2000   *Alice og den hvite ridderen* [Alice and the White Knight].
Oslo: Damm.
HOLDINGS: NB, NBIC.
TRANS: Øystein Rosse. ILLUS: Neal Puddephatt.
Book title Hestehistories fra Hele Verden (Classic Horse & Pony Stories). Edited by Diana Pullein-Thompson. 3 pp.

2006   *Alice gjennom speilet og det hun fant der* [Alice Through the Mirror and what She Found there].
Oslo: Omnipax. ISBN 82-530-2868-7.
HOLDINGS: NB, NBIC.
TRANS: Knut Johansen. ILLUS: Helen Oxenbury.
2nd complete Norwegian translation.

2012   *Gjennom speilet* [Through the Mirror].
Oslo: Egmont. ISBN 978-82-429-4565-5.
HOLDINGS: NB, NBIC.
TRANS: Zinken Hopp. ILLUS: Jennifer Robertson.
Reprint from 1962. An anthology of old comic magazines (4 traditional stories printed in one volume). By "Lewis Carrol." Series Illustrerte klassikere, no 135. A comic. Translated from the series Classics Illustrated, published in Great Britain as no. 147, 1962.

n.d.   *Alice i Eventyrland og Gjennom speilet* [Alice in Adventureland and Through the Mirror].
N.p.: Stella bokforlag.
HOLDINGS: NBIC.
TRANS: Eva Støre. ILLUS: Unillustrated.
1st combined edition with *Alice's Adventures in Wonderland*. Series Verdenslitteraturens største

mesterverker, 10 (World Literature's Greatest Masterpieces). Some of the sentences are in English, with phonetic transcription and the Norwegian translation of this sentence as notes at the end of the page. Copyright Exchange Corporation Genève-Paris.

Anne Kristin Lande
Oslo, 2022

Norwegian Nynorsk bibliography [1]

*T*he following bibliography describes the extant translations of *Alice* into Norwegian Nynorsk. The year and title are given first, followed by the city of publication, the publisher, and the ISBN where available. Following this is a short (and non-exhaustive) indication of libraries holding the book, the name of the translator and of the illustrator, and and some notes about the edition.

The abbreviations used for the holdings are as follows:

BL	British Library, London
JL	Jon A. Lindseth collection
NB	Nasjonalbiblioteket, National Library of Norway, Oslo
NBIC	Norsk barnebokinstitutt, Norwegian Institute for Children's Books, Oslo
NLS	National Library of Scotland, Edinburgh
OX	University of Oxford
TCD	Trinity College Dublin

---

1   An earlier version of this bibliography appeared in *Alice in a World of Wonderlands*, edited by Jon A. Lindseth and Alan Tannenbaum (New Castle: Oak Knoll Press, 2015).

Alice
sine opplevingar
i Eventyrlandet

Lewis Carroll

Nynorsk
oversettelse av
Sigrun Anny Røssbø

Translations of
Alice's Adventures
in Wonderland

2003   *Alice på eventyr under jorda* 'Alice on adventures under ground'.
Oslo: Von forlag. ISBN 82-91364-03-6.
HOLDINGS: JL, NB, NBIC.
TRANS: Sigrun Anny Røssbø. ILLUS: John Tenniel.
1st Nynorsk translation. By "Levis" Carroll (on the cover). 120 pp.

2020   *Alice sine opplevingar i Eventyrlandet* 'Alice's experiences in the Land of Adventures'.
Dundee: Evertype. ISBN 978-1-78201-220-7.
HOLDINGS: BL, JL, NLS, OX, TCD.
TRANS: Sigrun Anny Røssbø. ILLUS: John Tenniel.
New edition of the 1st Nynorsk translation. Contains Tove Myhre's translations of *"How doth the Little Crocodile"* and *"Father William"*. 150 pp.

Anne Kristin Lande
Oslo, 2022

SOURCES

Alice's Adventures in Wonderland: The Evertype definitive edition,
by Lewis Carroll, 2016

Alice's Adventures in Wonderland, illus. June Lornie, 2013

Alice's Adventures in Wonderland, illus. Mathew Staunton, 2015

Alice's Adventures in Wonderland, illus. Harry Furniss, 2016

Alice's Adventures in Wonderland, illus. J. Michael Rolen, 2017

Through the Looking-Glass and What Alice Found There,
by Lewis Carroll, 2009

The Nursery "Alice", by Lewis Carroll, 2015

Alice's Adventures under Ground, by Lewis Carroll, 2009

The Hunting of the Snark, by Lewis Carroll, 2010

SEQUELS

A New Alice in the Old Wonderland, by Anna Matlack Richards, 2009

New Adventures of Alice, by John Rae, 2010

Alice Through the Needle's Eye, by Gilbert Adair, 2012

Wonderland Revisited and the Games Alice Played There,
by Keith Sheppard, 2009

Alice and the Boy who Slew the Jabberwock,
by Allan William Parkes, 2016

SPELLING

Alice's Adventures in Wonderland,
Retold in words of one Syllable by Mrs J. C. Gorham, 2010

𐐈𐑊𐐮𐑅'𐑆 𐐈𐐼𐑂𐐯𐑌𐐨𐑉𐑆 𐐮𐑌 𐐎𐐲𐑌𐐼𐐲𐑉𐑊𐐰𐑌𐐼 (Alis'z Advenchurz in
Wundurland), *Alice* printed in the Deseret Alphabet, 2014

ALSO AVAILABLE FROM EVERTYPE

𐐙 𐐶𐐲𐑌𐐻𐐮𐑍 𐐲𐑂 𐑄 𐑅𐑌𐐪𐑉𐐿 (Dh Hunting uv dh Snark),
The Hunting of the Snark printed in the Deseret Alphabet, 2016

𐐢𐐭𐐿𐐮𐑍 𐑅 𐐢𐐭𐐿𐐮𐑍-𐐘𐑊𐐰𐑅 𐐰𐑌𐐼 𐐶𐐲𐐻 𐐰𐑊𐐮𐑅 𐐙𐐩𐑌𐐼 𐐜𐐯𐑉
(Thru dh Lūking-Glas and Hwut Alis Fawnd Dher),
Looking-Glass printed in the Deseret Alphabet, 2016

Alice's Adventures in Wonderland,
Alice printed in Dyslexic-Friendly fonts, 2015

Through the Looking-Glass and What Alice Found There,
Looking-Glass printed in Dyslexic-Friendly fonts, 2020

ᴧᴧᴄᴇ'ꜱ ᴧᴅ⌐ᴇⴑⴑ ᴧⴑᴇꜱ ⴑⴑᴧ ᴐꜱ_ᴇᴧᴄ ᴧᴧᴄⴑᴐᴇꜱ_ᴧⴑᴐ,
Alice printed in a font that simulates Dyslexia, 2015

𐑨𐑊𐑦𐑕𐑧𐑆 𐑨𐐼𐑝𐑧𐑌𐐼𐑀𐑓𐐭𐑉𐑆 𐑦𐑌 𐐶𐐲𐑌𐐼𐐲𐑉𐑊𐐪𐑌𐐼 (Ælɪsɛz
Ædvéntʃuʒz ɪn Wʌnduʒlænd), *Alice* printed in the Ewellic Alphabet, 2013

'Ælɪsɪz Əd'ventʃəz ɪn 'Wʌndə,lænd,
Alice printed in the International Phonetic Alphabet, 2014

Alis'z Advnčrz in Wundḷland, *Alice* printed in the N̄spel orthography, 2015

°⅃‸⎁⌐⅂⌐ °‚⅁‷‸⎁⅂°‶⅂⊤⌐ ‸⎁ ⌐⎁⎁⌐⌐⌐⅂⅃‸°‶⎁⅂,
Alice printed in the N̄yctographic Square Alphabet, 2011

Alice's Adventures in Wonderland,
Alice printed in Pitman New Era Shorthand, forthcoming

Alice's Adventures in Wonderland, *Alice* printed in QR Codes, 2018

⸴ᴊᴄɪ𐑕'ɪᴊ ᴧɥɪᴧ𐑊ᴐᴊ ɪᴊ ⸴ᴊᴊᴧᴐᴄᴊᴊ (Alɪs'əz ədventjuːrz ɪn Wʌndərlænd),
Alice printed in the Shaw Alphabet, 2013

Alisiz Advenčrz in Wundrland,
Alice printed in the Unifon Alphabet, 2014

𐲆𐲪𐳗𐲍𐳗𐳄𐲪𐳌𐳀𐲍 𐲐𐲀𐳖𐲀𐲙𐳊𐲀𐲐 𐳄𐳌𐲙𐳀 (Aliz kalandjai Csodaországban),
The Hungarian *Alice* printed in Old Hungarian script, tr. Anikó Szilágyi, 2016

SCHOLARSHIP

Elucidating Alice: A Textual Commentary on *Alice's Adventures in
Wonderland*, by Selwyn Goodacre, 2015

Reflecting Alice: A Textual Commentary
on *Through the Looking-Glass*, by Selwyn Goodacre, 2021.

Behind the Looking-Glass: Reflections on the Myth
of Lewis Carroll, by Sherry L. Ackerman, 2012

Selections from the Lewis Carroll Collection
of Victoria J. Sewell, compiled by Byron W. Sewell, 2014

SOCIAL COMMENTARY

Clara in Blunderland, by Caroline Lewis, 2010

Lost in Blunderland: The further adventures of Clara,
by Caroline Lewis, 2010

John Bull's Adventures in the Fiscal Wonderland, by Charles Geake, 2010

The Westminster Alice, by H. H. Munro (Saki), 2017

Alice in Blunderland: An Iridescent Dream,
by John Kendrick Bangs, 2010

SIMULATIONS

Davy and the Goblin, by Charles Edward Carryl, 2010

The Admiral's Caravan, by Charles Edward Carryl, 2010

Gladys in Grammarland, by Audrey Mayhew Allen, 2010

Alice's Adventures in Pictureland, by Florence Adèle Evans, 2011

Folly in Fairyland, by Carolyn Wells, 2016

Rollo in Emblemland, by J. K. Bangs & C. R. Macauley, 2010

Phyllis in Piskie-land, by J. Henry Harris, 2012

Alice in Beeland, by Lillian Elizabeth Roy, 2012

Eileen's Adventures in Wordland, by Zillah K. Macdonald, 2010

Alice and the Time Machine, by Victor Fet, 2016

Алиса и Машина Времени (Alisa i Mashina Vremeni),
Alice and the Time Machine in Russian, tr. Victor Fet, 2016

SEWELLIANA

Sun-hee's Adventures Under the Land of Morning Calm,
by Victoria J. Sewell & Byron W. Sewell, 2016

선희의 조용한 아침의 나라 모험기 (Seonhuiui Joyonghan Achim-ui Nala
Moheomgi), *Sun-hee* in Korean, tr. Miyeong Kang, forthcoming

Alix's Adventures in Wonderland:
Lewis Carroll's Nightmare, by Byron W. Sewell, 2011

Aloþk's Adventures in Goatland, by Byron W. Sewell, 2011

Alice's Bad Hair Day in Wonderland, by Byron W. Sewell, 2012

The Carrollian Tales of Inspector Spectre, by Byron W. Sewell, 2011

The Annotated Alice in Nurseryland, by Byron W. Sewell, 2016

The Haunting of the Snarkasbord, by Alison Tannenbaum,
Byron W. Sewell, Charlie Lovett, & August A. Imholtz, Jr, 2012

Snarkmaster, by Byron W. Sewell, 2012

In the Boojum Forest, by Byron W. Sewell, 2014

Murder by Boojum, by Byron W. Sewell, 2014

Close Encounters of the Snarkian Kind, by Byron W. Sewell, 2016

TRANSLATIONS

Кайкалдыҥ Јеринде Алисала болгон учуралдар (Kaykaldıñ Cerinde
Alisala bolgon uçuraldar), *Alice* in Altai, tr. Küler Tepukov, 2016

Alice's Adventures in An Appalachian Wonderland,
Alice in Appalachian English, tr. Byron & Victoria Sewell, 2012

Սնարքի Որսը (Snark'i Orsě),
The Hunting of the Snark in Eastern Armenian,
tr. Alexander Kalantaryan & Artak Kalantaryan, forthcoming

Ալիս Հրաշալիքներու Աշխարհին Մէջ (Alis Hrashalik'neru Ashkharhin Mêch),
Alice in Western Armenian, tr. Yervant Gobelean, forthcoming

Patimatli ali Alice tu Vãsilia ti Ciudii,
Alice in Aromanian, tr. Mariana Bara, 2015

Элисәнең Сәйерстандағы мажаралары (Älisäneñ Säyerstandağı majaraları), *Alice* in Bashkir, tr. Güzäl Sitdykova, 2017

Алесіны прыгоды ў Цудазем'і (Alesiny pryhody u Tsudazem'i), *Alice* in Belarusian, tr. Max Ščur, 2016

На тым баку Люстра і што там напаткала Алесю (Na tym baku Liustra i shto tam napatkala Alesiu), *Looking-Glass* in Belarusian, tr. Max Ščur, 2016

Снаркаловы (Snarkalovy), *The Hunting of the Snark* in Belarusian, tr. Max Ščur, forthcoming

Troioù-kaer Alis e Vro ar Marzhoù, *Alice* in Breton, tr. Herve Kerrain, forthcoming

Crystal's Adventures in A Cockney Wonderland, *Alice* in Cockney Rhyming Slang, tr. Charlie Lovett, 2015

Aventurs Alys in Pow an Anethow, *Alice* in Cornish, tr. Nicholas Williams, 2015

Aventurs Alys in Pow an Anethow Dyllans Dywyêthek Kernowek-Sowsnek, *Alice* in Cornish, bilingual edition, tr. Nicholas Williams, 2021

Alice's Ventures in Wunderland, *Alice* in Cornu-English, tr. Alan M. Kent, 2015

Maries Hændelser i Vidunderlandet, *Alice* in Danish, tr. D.G., forthcoming

آلیس در سرزمین عجایب (Âlis dar Sarzamin-e Ajâyeb), *Alice* in Dari, tr. Rahman Arman, 2015

Äventyrä Alice i Underlandä, *Alice* in Elfdalian, tr. Inga-Britt Petersson, forthcoming

La Aventuroj de Alicio en Mirlando, *Alice* in Esperanto, tr. E. L. Kearney (1910), 2009

La Aventuroj de Alico en Mirlando, *Alice* in Esperanto, tr. Donald Broadribb, 2012

Trans la Spegulo kaj kion Alico trovis tie, *Looking-Glass* in Esperanto, tr. Donald Broadribb, 2012

Les Aventures d'Alice au pays des merveilles, *Alice* in French, tr. Henri Bué, 2015

Les Aventures d'Alice au pays des merveilles,
Alice in French, tr. Henri Bué, illus. Mathew Staunton, 2015

ﻟﺠﻌﺒﺎﻟ ﻣﺎﺟﺠﺎﻳﺎﻟﺎﻳﺎﺟﻣﺟﺎ ﺑﺎﻣﺟﺎﻳﺠﺎﺑﺎﻣﺎ ﻳﺠﺎﻳﺎﺑﺎﻳﺎ (Elisis t'avgadasavali
saoc'rebat'a k'veqanaši), *Alice* in Georgian, tr. Giorgi Gokieli, 2016

Alice's Abenteuer im Wunderland,
Alice in German, tr. Antonie Zimmermann, 2010

Die Lissel ehr Erlebnisse im Wunnerland,
Alice in Palantine German, tr. Franz Schlosser, 2013

Der Alice ihre Obmteier im Wunderlaund,
Alice in Viennese German, tr. Hans Werner Sokop, 2012

Balþos Gadedeis Aþalhaidais in Sildaleikalanda,
Alice in Gothic, tr. David Alexander Carlton, 2015

Nā Hana Kupanaha a ʻĀleka ma ka ʻĀina Kamahaʻo,
Alice in Hawaiian, tr. R. Keao NeSmith, 2017

Nā Hana Kupanaha a ʻĀleka ma ka ʻĀina Kamahaʻo
Kope ʻōlelo Hawaiʻi-ʻōlelo Pelekānia,
Alice in Hawaiian, bilingual edition, tr. R. Keao NeSmith, 2022

Ma Loko o ke Aniani Kū a me ka Mea i Loaʻa iā ʻĀleka
ma Laila, *Looking-Glass* in Hawaiian, tr. R. Keao NeSmith, 2017

Aliz kalandjai Csodaországban,
Alice in Hungarian, tr. Anikó Szilágyi, 2013

Ævintýri Lísu í Undralandi, *Alice* in Icelandic, tr. Þórarinn Eldjárn, 2013

L'Aventuri di Alicia en Marvelia, *Alice* in Ido, tr. Gonçalo Neves, 2020

Le Aventuras de Alice in le Pais del Meravilias,
Alice in Interlingua, tr. Rodrigo Guerra, 2020

Eachtra Eibhlíse i dTír na nIontas,
Alice in Irish, tr. Pádraig Ó Cadhla (1922), 2015

Eachtraí Eilíse i dTír na nIontas, *Alice* in Irish, tr. Nicholas Williams, 2007

Eachtraí Eilíse i dTír na nIontas: Eagrán Dátheangach Gaeilge-Béarla,
Alice in Irish, bilingual edition, tr. tr. Nicholas Williams, 2022

Lastall den Scáthán agus a bhFuair Eilís Ann Roimpi,
Looking-Glass in Irish, tr. Nicholas Williams, 2009

Le Avventure di Alice nel Paese delle Meraviglie,
Alice in Italian, tr. Teodorico Pietrocòla Rossetti, 2010

Alis Advencha ina Wandalan,
Alice in Jamaican Creole, tr. Tamirand Nnena De Lisser, 2016

L's Aventuthes d'Alice en Êmèrvil'lie,
Alice in Jèrriais, tr. Geraint Williams, 2012

L'Travèrs du Mitheux et chein qu'Alice y dêmuchit,
Looking-Glass in Jèrriais, tr. Geraint Williams, 2012

Алисэ Телъыджэщĺым зэрыщыĺар (Alisè Tel″ydzhëshchhym
zèryshchyhar), *Alice* in Kabardian, tr. Murat Temyr & Murat Brat, 2020

Алиса Къужур Дунияны Къыдырады (Alisa Qujur Duniyanı
Qıdıradı), *Alice* in Karachay-Balkar, tr. Magomet Gekki, 2019

Әлисәнің ғажайып елдегі басынан кешкендері (Älisäniñ ğajayıp
eldegi basınan keşkenderi), *Alice* in Kazakh, tr. Fatima Moldashova, 2016

Алисаның Хайхастар Чирінзер чорығы (Alīsanıñ Hayhastar Çīrinzer
çorığı), *Alice* in Khakas, tr. Maria Çertykova, 2017

Алисакӧд Шемӧсмуын лоӧмторъяс (Alisaköd Semösmuyn loömtor″ias),
Alice in Komi-Zyrian, tr. Evgenii Tsypanov & Elena Eltsova, 2018

Алисанын Кызыктар Өлкөсүндөгү укмуштуу окуялары
(Alisanın Kızıktar Ölkösündögü ukmuştuu okuyaları),
Alice in Kyrgyz, tr. Aida Egemberdieva, 2016

Las Aventuras de Alisia en el Paiz de las Maraviyas,
Alice in Ladino, tr. Avner Perez, 2016

לאס אבי'יבטוראס די אליזייה איך איל פאאיז די לאס מאראבי'יליאס
(Las Aventuras de Alisia en el Paiz de las Maraviyas),
Alice in Ladino, tr. Avner Perez, 2016

Alisis pīdzeivuojumi Breinumu zemē,
Alice in Latgalian, tr. Evika Muizniece, 2015

Alicia in Terrā Mīrābilī, *Alice* in Latin, tr. Clive Harcourt Carruthers, 2018

Alicia in Terrā Mīrābilī: Ēditiō Bilinguis Latīna et Anglica,
Alice in Latin, bilingual edition, tr. Clive Harcourt Carruthers, 2021

Aliciae per Speculum Trānsitus (Quaeque Ibi Invēnit),
Looking-Glass in Latin, tr. Clive Harcourt Carruthers, forthcoming

Eachdraidh Ealasaid ann an Tìr nan Iongantas,
Alice in Scottish Gaelic, tr. Moray Watson, 2012

Alice's Adventchers in Wunderland,
Alice in Scouse, tr. Marvin R. Sumner, 2015

Mbalango wa Alice eTikweni ra Swihlamariso,
Alice in Shangani, tr. Peniah Mabaso & Steyn Khesani Madlome, 2015

Ahlice's Aveenturs in Wunderlaant,
Alice in Border Scots, tr. Cameron Halfpenny, 2015

Alice's Mishanters in e Land o Farlies,
Alice in Caithness Scots, tr. Catherine Byrne, 2014

Alice's Adventirs in Wunnerlaun,
Alice in Glaswegian Scots, tr. Thomas Clark, 2014

Ailice's Anters in Ferlielann,
Alice in North-East Scots (Doric), tr. Derrick McClure, 2012

Throwe the Keekin-Gless an Fit Ailice's Funn There,
Looking-Glass in North-East Scots (Doric), tr. Derrick McClure, 2021

Alice's Adventirs in Wonderlaand,
Alice in Shetland Scots, tr. Laureen Johnson, 2012

Ailice's Àventurs in Wunnerland,
Alice in Southeast Central Scots, tr. Sandy Fleemin, 2011

Ailis's Anterins i the Laun o Ferlies,
Alice in Synthetic Scots, tr. Andrew McCallum, 2013

Alice's Carrànts in Wunnerlan,
Alice in Ulster Scots, tr. Anne Morrison-Smyth, 2013

Alison's Jants in Ferlieland,
Alice in West-Central Scots, tr. James Andrew Begg, 2014

Alice muNyika yeMashiripiti,
Alice in Shona, tr. Shumirai Nyota & Tsitsi Nyoni, 2015

Алисаның қайғаллығ Черинде полған чоруқтары (Alisanıñ qayğallığ
Çerinde polğan çoruqtarı), *Alice* in Shor, tr. Liubov' Arbaçakova, 2017

Alicia's Adventuras en Wonderlandia,
Alice in Spanglish, tr. Ilan Stavans, 2021

Alis bu Cëlmo dac Cojube w dat Tantelat,
Alice in Ṣurayt, tr. Jan Beṭ-Ṣawoce, 2015

Alisi Ndani ya Nchi ya Ajabu, *Alice* in Swahili, tr. Ida Hadjuvayanis, 2015

Alices Äventyr i Sagolandet, *Alice* in Swedish, tr. Emily Nonnen, 2010

'Alisi 'i he Fonua 'o e Fakaofo',
Alice in Tongan, tr. Siutāula Cocker & Telesia Kalavite, 2014

De Aventure Alisu in Mirvizilànd,
Alice in Uropi, tr. Bertrand Carette & Joël Landais, 2018

Ventürs jiela Lälid in Stunalän, *Alice* in Volapük,
tr. Ralph Midgley, forthcoming

Lès-avirètes da Alice ô payis dès mèrvèyes,
Alice in Walloon, tr. Jean-Luc Fauconnier, 2012

Lès paskéyes d'Alice è payis dès mèrvèyes,
Alice in Central Walloon, tr. Bernard Louis, 2017

Anturiaethau Alys yng Ngwlad Hud, *Alice* in Welsh, tr. Selyf Roberts, 2010

I Avventur de Alis ind el Paes di Meravili,
Alice in Western Lombard, tr. GianPietro Gallinelli, 2015

U-Alisi Kwilizwe Lemimangaliso,
Alice in Xhosa, tr. Mhlobo Jadezweni, forthcoming

Di Avantures fun Alis in Vunderland,
Alice in Yiddish, tr. Joan Braman, 2015

Alises Avantures in Vunderland, *Alice* in Yiddish, tr. Adina Bar-El, 2018

אַליסעס אַװאַנטורעס אין װוּנדערלאַנד (Alises Avantures in Vunderland),
Alice in Yiddish, tr. Adina Bar-El, 2018

Insumansumane Zika-Alice,
Alice in Zimbabwean Ndebele, tr. Dion Nkomo, 2015

U-Alice Ezweni Lezimanga, *Alice* in Zulu, tr. Bhekinkosi Ntuli, 2014